산촌일기

산촌일기

2022년 11월 11일 제 1판 인쇄 발행

지 은 이 ㅣ 공성희
펴 낸 이 ㅣ 박종래
펴 낸 곳 ㅣ 도서출판 명성서림

등록번호 ㅣ 301-2014-013
주   소 ㅣ 04552 서울시 중구 삼일대로8길 17 3~4층(충무로 2가)
대표전화 ㅣ 02)2277-2800
팩   스 ㅣ 02)2277-8945
이 메 일 ㅣ ms8944@chol.com

값 13,000원
ISBN 979-11-92487-75-5

이 수필집은 충북문화재단 후원금으로 발간되었습니다.

산촌일기

공성희 수필집

도서출판 명성서림

머릿글

여름 불볕더위가 어느새 자취를 감추었습니다.

시원한 가을바람이 볼을 스칠 때 마다 상큼하고 감미롭기까지 하네요.

그 뜨거움을 견뎌야 비로소 가을열매가 익는 것처럼

나의 뜨락 에도 이제 추수를 기다리는 농부마냥 꿈이 부풀곤 합니다.

철없던 시절에 미처 보이지 않았던 산골의 일상이 이제 행복하게만 느껴지는 것은 세월이 가져다 준 선물이라고 생각합니다.

씨 뿌리고 열매 거두는 일들은 세상의 많은 일들 가운데 귀한 것임을 알게 되고 그 언저리의 일상들은 내 삶의 조각 같은 것들이라 산촌일기를 썼습니다.

계절에 따라 울고 웃으며 살아낸 시간들

그리고 앞으로도 변함없이 그렇게 살아갈 것이기에 그 후로도 오랫동안 비학골의 이야기는 계속될 것입니다.

생명을 가꾸며 산다는 자부심하나

그렇게 또 한 번의 성장으로 여름을 이기고 가을 앞에 섰습니다.

2022. 초가을 비학골에서

공성희

여름

겨울

감자를 심으며

자주 꽃 핀 건 자주감자

파보나 마나 자주감자

하얀 꽃 핀 건 하얀 감자

파보나 마나 하얀 감자

권태응 님의 감자꽃 시가 아니더라도 내가 심을 감자는 하얀 꽃이 피는 하얀 감자입니다.

이른 봄 감자를 제일 먼저 심습니다.

트랙터로 몇 번을 갈아놓은 밭의 흙이 알갱이 하나 없이 부드럽습니다.

감자 씨를 넣고 흙을 덮어 마무리하는데 흙의 감촉이 콩가루를 만지듯 촉촉하고 좋습니다.

파보나 마나 하얀 감자알이 나올 씨감자를 심으며 봄의 서막을 시작합니다.

13 春

4월, 텃밭

4월은 내가 제일 좋아하는 달입니다.

무엇이나 심기만 하면 나풀나풀 생명이 움트고 그 작은 씨앗이 딱딱한 땅을 헤집고 어린 새순을 쉼 없이 내어주는 신기한 일들이 일어나기 때문이죠.

풀이 나기 전 오롯이 땅 내를 맡으며 크는 곡식이 화단의 꽃만큼 예쁘게 보이곤 하니까요.

오늘 아침엔 감자밭에 순을 따주고 북을 주었습니다.

이제 감자밭은 하지까지 딱히 해 줄 일이 없는 고마운 작물입니다.

그런데 곡식만 자라는 것이 아니라 장독대 잔디밭에 한두 개 피어나던 민들레가 이제 아주 자리를 잡고 있습니다.

이걸 어떻게 다 파내야 하는지 우선 커피부터 느긋하게 마시고 오늘 온종일 햇살을 등지고 앉아 민들레를 캐야 하겠네요.

문득 어느 귀촌인의 글이 생각났어요.

　끝도 없이 돋아나는 민들레 뽑기를 전쟁터에 온 것처럼 몇 년을 했는데 씨가 지지 않더래요.

　보니까 윗집 마당에 꽃피운 민들레 씨가 날마다 날아와서 자리를 잡길래 게으른 윗집 주인과 다투다가 결국 귀촌을 정리했다고 다시 도시살이의 원인이 민들레였다고.

내 아버지는 농부 1

   햇살이 부드러운 4월, 어느새 아버지는 모판을 정리하신다. 정년 없이 일하시는 아버지의 표정은 100세까지도 농사를 지으실 것처럼 야무지시다.

   아버지의 땅에 씨앗을 심고, 햇빛과 바람과 계절에 따라 애끊는 마음으로 농사를 지으신 후 인사치레 대신, 세뱃돈 대신, 당신의 피와 같은 고운 쌀을 내어주신다.

   나는 그 쌀로 밥을 지을 때면 아버지의 자식 사랑을 떠올리며 애잔한 맘을 금할 수 없다.

牛步千里

春

봄 오는 길목

서당골 비닐하우스에서 오늘 고추 모종을 합니다.

산골 골목마다 대통령 후보 유세차는 확성기를 틀고 가고 누가 누가 대통령이 될 것인지 모두 한마디씩 토론장이 되었네요.

살아가는 모습이나 방식은 다 다르겠지만.

어느 것이 더 소중한지 자로 잴 수는 없겠지만 내 생각은 그래도 씨 앗 심고, 땅 일구고 주어진 만큼의 고민을 하며 사는 산골의 소박함이 행복 지수는 높지 않을지, 구정 지나고 고추씨를 넣었는데 이렇게 싹이 잘 났어요.

이제 하나하나 고추 이식을 해서 아기 돌보듯 키울 것입니다.

얼마나 고추 싹이 어린지 조금만 힘을 주면 금방 부러지곤 하는데 모종이 땅내를 맡으면 튼튼하게 자랄 것입니다.

잘 자라서 올해 고추를 많이 수확하고 선주네 새집을 지을 것입니다.

농약 방에서 다 키운 모종을 사다 심으면 될 것을 암튼 억척 농부의 아낙인 내 친구.

힘내라 금순 여사~

19 春

장 담는 날

산촌에는 봄이 제일 먼저 옵니다.

무논에서 밤마다 개구리 울음 소리 들리고

농로에는 트렉터 소리로 마을이 분주해 졌어요.

햇살이 순해지는 3월, 우리도 장 가르기 행사가 늦어지고 있었는데

지난 토요일 아들 친구들이 와서 봄 행사를 끝냈습니다. 이제 오늘 담은 정월 장은 3년의 숙성을 거치고 손님을 맞을 것입니다. 오랜 숙성과 인고의 시간이 지나야 깊은 맛과 향이 어우러져 비로소 진한 맛을 내지요.

기다림의 미학이 우리 문화 곳곳에 스며 있는데 조급함과 빠른 변화로 인해 그 수로로 움을 알아주지 못할 때 많죠.

그래도 면면이 우리의 전통식품은 대를 이어 보존될 것입니다.

생명을 살리고 건강을 지켜주는 과학적인 음식이니까요.

달 밝은 밤 마당가 장독대에 나와 설 때면 배불뚝이 항아리를 쓰다듬

으며 맛나게 숙성되어 최고의 맛을 내는 장이 되어주길 주문처럼 기도
문을 외워보곤 합니다.

감자 심는 날

감자를 심고 비닐을 씌웠습니다.

좀 늦은 감이 있지만, 트랙터가 눈 깜짝할 사이 단단한 흙을 보드랍게 갈아주고 나는 이때 아니면 어떻게 흙을 밟아 볼까 싶어 맨발로 다니며 밭둑에 비닐을 씌웠습니다.

4월, 참 좋은 계절입니다.

보드라운 햇살이 있고, 봄비가 간간이 내려 초목이 싱그럽고 씨앗을 뿌리기 좋은 시절, 이제부터 곡식과 풀들의 자리다툼으로 일상이 고단해 지지만 말없이 싹을 띄우기 위해 안간힘을 다하는 작은 생명을 응원하기 위해 산 벚꽃 제풀에 화사하게 웃어 주고. 산 비둘기 범벅꾸 범버꾸 온종일 노래합니다.

23 春

하람이 눈뜨다

이제 정월 보름이 지났고 그리고 봄이 같이 오셨습니다.

산골에 눈이 분분하지만 봄 손님 오시는 길엔 오늘 낮에 아지랑이도 피어납니다.

아침 산책길에 들려본 선주네 거실엔 벌써 고추 싹이 삐죽이 고개를 내밀고 있습니다.

정월에 낳은 둘째 손녀딸 하람이가 어느새 눈을 맞추고 있습니다.

우리를 보고 있는 것인지 반응하는 것인지 모르게 눈을 뜨고 눈을 맞추었어요.

신비한 세상에 온걸 환영한다 아가야.

우리는 너를 많이 기다리고 사랑했단다. 앞으로도 무한한 사랑을 주려고 이렇게 눈을 마주보고 고백하는 거란다.

세상의 빛이 보이는 것처럼 빛된 사람이 되어라.

그래서 그 빛을 보고 길을 찾는 사람들을 사랑하고 존중해 주자.

이나라에 꼭 필요한 인물이 되어라 이쁜 내 아가야.

머윗대를 삶다

5월은 온갖 꽃들이 피어나 꽃잔치를 펼치고 푸른 숲마다 생기가 넘쳐흐른다. 텃밭에도 아욱과 상추가 싱그럽고 애호박이며 방울토마토 까지 봄 식탁은 황제의 찬처럼 풍성하다. 그런데 오늘 아침 남편은 뜬금없이 머위나물 이야기를 한다. 그 말이 돌아가신 어머님이 그립다는 이야기처럼 들려서 나는 아무 말 없이 머윗대를 베어다 껍질을 벗겼다.

틀니를 하셨던 어머님은 들깨를 갈아 넣어 부드럽게 볶아낸 머위 나물을 좋아하셨다.

손길이 많이 가는 머위 나물을 하려면 좀 번거롭다. 게다가 껍질을 벗기고 나면 손톱과 손끝이 거뭇하게 물들어 몇 날 동안 지워지지도 않는다.

음식은 정성이 깃들어야 맛나다는 말처럼 그렇게 해 봐야지.

봄날 에야 맛볼 수 있는 머윗대를 삶고 있는 중이다.

27 春

봄, 봄이 왔네

　이제, 들로 산으로 온 세상이 꽃 잔치인데 산골의 일상은 이른 아침부터 부산하다.

　뒷집 아저씨 경운기 소리, 진호 아버지 트랙터 소리, 보라 할아버지 큰소리 내시며 일하시는 통에 절대로 늦잠을 잘 수 없다.

우리 집엔 염소도 키운다. 처음엔 새끼 염소 한 쌍을 분양받았다. 그것이 3년 만에 열댓 마리로 늘어났으니 번식도 매우 빠른 편이다. 새카만 털에 윤기가 흐르고 잔병 없이 손 갈 일 없이 잘 자란다. 판로가 있다면 염소 키우기도 괜찮을 듯하다.

물과 하천을 오염시키는 것이 아니라면 개울가 풀밭에 풀어놓았으면 좋겠단 생각을 해봤다. 사막 같은 중동지역에서 풀을 뜯고 사는 양 떼에 비하면 우리나라 환경은 지천이 풀밭인데.

따스한 봄 햇살에 펄쩍펄쩍 뛰어다니는 귀여운 새끼염소 곁으로 산비둘기 한 마리 내려앉는다.

나른한 봄날의 풍경이다.

春

불타는 남자 감자

씨감자를 사러 시장에 갔다.

그런데

불타는 남자 감자라는 종자가 있었다.

아니 수미, 나 남작이란 품종은 들어봤어도 저런 이름은 처음인데.

내 눈을 의심했다.

아주머니 불타는 남자 감자라는 것도 있어요? 내가 물으니 아주머니 날 빤히 올려다보며, 그게 뭔 소리냐고 되물었다.

아니 골판지에 매직으로 커다랗게 써 놓았잖아요.

그러니까 잘 읽어보란 말요.

잉?

분. 나. 는. 남. 작. 감. 자.

시력이 문제였다.

비 갠 후

봄비치고는 꽤 요란한 빗줄기가 지나고 나니 앞산과 들판이 청명하게 다가옵니다.

코로나 19로 인해 집안에 갇혀 옴짝달싹도 못하는 시간 속에서 그래도 텃밭의 곡식은 저홀로 자라 어느새 마늘종이 나왔습니다.

이슬이 마르기 전 마늘 고랑을 돌면서 손에 힘을 조절해서 당겨야 여린 마늘종이 끊어지지 않고 뽑혀 나옵니다.

마늘종 장아찌를 담을 요량으로 고추장과 물엿을 넣어 버무려 놓았습니다.

일 년 정도 두었다가 내년 이맘때 모심기가 한창일 무렵, 참기름과 참깨 넉넉히 넣고 조물조물 무쳐 놓으면 입맛 없는 봄에 썩 괜찮은 반찬입니다.

이제 바쁜 일손도 거의 마무리 되어 6월에 하지 감자를 캐면 될 것 같군요.

마당 가에 피어난 동자꽃에서 은은한 향이 코끝에 머무는 저녁입니다.

春

농사는 시인처럼

봄이 무르익는 3월이면 이제 농사 준비해야 한다.

고라니 운동장인 우리 집 텃밭에 처음으로 울타리를 쳤다.

그래서 트랙터가 올 수 없는데 진호 아빠가 친절하게도 울타리를 열고 들어와 몇 바퀴 밭을 갈아 주었다.

오늘 아침 비닐을 씌우고 감자심을 준비했고 상추며 아욱 씨를 우선 감자 고랑에 뿌렸다.

돌 고르고, 밭고랑 만들고 어쩌면 시인이 된 것처럼 신바람이 나던지, 씨앗을 뿌리는 일은 수확을 기대하며 하는 일이라 그럴까? 나는 씨앗을 심었는데 어떻게 여리디여린 싹이 그 흙을 헤치고 땅 위에 올라오는지 도무지 신기한 일들이라 절로 흥겹다.

땀을 흘려 일하고 먹는 찬은 겨우 된장 쌈밥이다.

푸성귀만 가득한 상차림이지만 꿀맛이다.

온 세상이 푸르게 생기가 넘치는 것처럼 그런 생명 가득한 봄날들을 만들어야지.

35 春

말날

구정이 지나고 몇 날 지나면 금방 정월대보름이 다가온다.

이장님이 오늘 낮에 보름맞이 마을회관 대청소를 한다고 방송을 했으나 우린 보름 즈음 말 날을 택해 장을 담아야 하므로 항아리 소독에 정신이 없었다. 내가 들어가도 될 만큼 큰 단지를 다루다 보면 온몸에 힘이 들어간다.

항아리 속에 볏짚을 태워 잡냄새를 잡고 하루 한나절 햇살에 항아리를 말리고 나면 장을 담는 준비는 끝이다.

장담기는 그렇게 어렵지 않다. 준비과정이 힘이 들뿐. 정월에 맞는 말날이 되면 햇살이 부드럽고 기후가 온화해진다.

며칠 전까지 그렇게 수도가 꽁꽁 얼어버릴 만큼 추웠는데 언제그랬나는 듯 등에서 땀이 날 정도로 포근해졌다.

정월에 장을 담으면 아침저녁으로 추운온도지만 낮엔 서서히 봄을 맞듯 따뜻해져서 장익기에 딱 좋은 날씨다.

　해충도 없고, 쨍한 얼음이 아직도 얼고 녹고 하지만 그렇게 날씨와 온도와 미생물이 만나서 우리 조상들이 물려준 과학적인 된장이 익어가는 것이다.

　하필이면 수많은 직업 중에 그렇게 힘든 일을 택했냐고 누가 물으면 난 이렇게 말한다. 그걸 몰라서 용감하게 시작했지만, 세월이 갈수록, 이런 음식을 먹을수록 누군가 건강해진다면 나는 기꺼이 그 힘듦을 선택하겠다고.

　아직은 힘이 남아서 그렇게 말하지만, 대개 몸이 고달픈 날엔 잠도 오지 않는데 아마도 갱년기의 증상이려니.

느림에 관하여

우리 집에서 아주 가깝게 좌구산이 있습니다.

그곳엔 수목원도 있고, 황토방과 통나무 팬션도 있고 커다란 저수지로 둘레길이 잘 정돈된 명품 공원으로 재탄생했습니다.

거북이와 백곡 김득신 시인을 주제로 아주 괜찮은 명소가 되었지요.

그것은 지역에 사는 한 사람으로 꽤 자랑스러운 명소인 것은 분명한데 가만 생각해 보니 그 산세의 흐름으로 보아 분명히 우리에게 보이지 않는 어떤 느림의 미학이 존재하는 것이 분명합니다. 어제 밭을 트랙터로 갈기 위한 밭 가장자리의 도라지를 캤고, 그것을 손톱 아프게 까다가 문득, 짜증이 났습니다.

마트에 가면 얌전히 다듬어서 바로 반찬을 할 수 있게 다 준비되어 있는데 나는 지금 원시시대에 주부가 된 것 같아 공연히 시간이 아까웠습니다.

이걸 언제 다 까고 있어?

　말이나 말지 도라지무침이 얼마나 맛있는지 아냐고, 마트에서 까서
파는 도라지는 향이 없다나 그 말에 무침을 요리할 정도만 겨우 까고
나머지는 오크에 다 쏟아 넣고 두 번째 달이는 중입니다.

　요즘 환절기에 목이 아프니까 내가 도라지 달임을 해 주겠다고 느림
의 미학, 그것도 당연히 아름다운것 맞습니다.

　그런데 나와 내 친구 금순여사나 아주 촌스럽게 사는 것은 매한가지.

　구정과 보름이 지나고 바로 고추씨를 넣어서 아침, 저녁으로 이불을
덮었다 개었다 하면서 고생을 합니다.

　그냥 고추 모종을 사다 심으면 될 것을 돈 아낀다고 아직도 직접 모
종을 키우는 중입니다.

　아, 좌구산의 기운이여.

5월 텃밭

아침 일찍 감자 고랑에 북을 주고 옥수수에 비료까지 주고 나니 아침 일과 2시간이 훌쩍 지나갔다.

텃밭의 고마움이란 아무 때나 주저앉아 일하기도 하고, 또 신새벽이나 해거름에 눈으로 많이 곡식들을 돌 볼 수 있어서이다.

쉼 없이 돋아나는 잡초와 맨손으로 항상 씨름하지만 풀 뽑고 난 다음 깔끔해진 밭고랑에서 느껴지는 희열.

그것이 농부의 고단함을 잊게 하는 비법 아닐지.

손톱 밑에 풀 물 가실새 없이 사는 촌부의 호사란 오월에 유독 많은 결혼식 초대나 시낭송회 정도일 뿐. 오로지 나만을 위한 것은 없다.

아! 푸른 오월이다. 싱그런 오월이 참 좋다.

春

화전

　우리 집 뒷산은 삼보산三寶山이다.세 가지 보물이 나는데 그것은 천연 약수, 금광석. 산골이다.

　세계3대 광천수중 하나인 초정약수는 천연탄산이 섞여 있어 예로부 터 물맛이 건강에 좋기로 유명하다. 해발 273m로 뒷동산 같은 높이지 만 아기자기한 산세에 소나무가 많아 가슴 깊이 향기로운 산의 정기를 느낄 수 있다. 오랜만에 비학골로 올라 보니 벌써 진달래가 피어나 꽃잔치를 벌이고 있다. 간간이 샛노란 산 동백은 분홍빛 진달래와 어울려 은은한 향기를 저 홀로 뿜내고 있다.

봄 동산은 꽃들의 잔치에 설레고, 파릇파릇 새싹들은 봄 햇살에 선명하다. 집에 오는 길에 진달래 몇 송이 꺾어와 화전을 부쳐보았다.

눈으로 한번, 향기로 한번 그렇게 화전을 부치며 봄의 축제를 맞는다.

펜치의 육아일기

펜치의 행동이 낮부터 이상했다.

안절부절하고. 불안한 기색이 역력하고, 하필이면 제일 추운 날 새끼를 낳을 거 같았다. 남편이랑 나는 번갈아 가면서 펜치를 살폈는데 결국 그 저녁에 새끼를 낳기 시작했다.

초저녁부터 산고를 치르고 있었는데 밤 11시가 되어서 무려 8마리를 낳았다.

나는 미역국을 찜통에 끓이면서 펜치가 문득 불쌍하다는 생각이 들었다.

세상의 모든 에미가 겪는 고통과 환희를 결코 아비는 알 수 없다.

그렇게 펜치는 새벽 늦게 검은 놈으로 한 마리 더 낳고야 출산을 멈췄다.

자그마치 9마리.

그런데 아침에 밥을 주러 간 내가 세어본 것은 6마리뿐이다.

나는 남편한테 묻지 않았다.

조용히 펜치의 밥 먹는 모습만 바라볼 뿐.

텃밭

바람과 햇살은 생명을 키우는 무언가를 살그머니 땅에다 부어주고 가는 것인가?

씨앗은 내가 심었지만 자라는 것은 내가 할 수 없는 것이다.

여름이 깊어갈수록 뜨거운 햇살 아래 씩씩하게 커가는 곡식을 바라보면 마음이 부자가 된다.

텃밭의 즐거움은 된장찌개를 불 위에 얹어 놓고도 싱그런 상추 와 풋고추 몇 개 따다가 성찬이 부럽잖은 소박한 식탁을 차려 내는데 있다.

이른 아침이나 해거름에 돋아나는 풀과의 숨바꼭질에서 이길 수 있고 곡식들이 커가는 모습을 언제나 볼 수 있어 좋다.

여름 장마 오기 전 하지 감자를 캐야 한다.

낼 모래 온다는 비 소식에 한창 크는 참깨 쓰러질까

기둥도 세우고 줄로 단단히 받쳐주어야 한다.

농부의 발소리를 듣고 자란다는 곡식.

푸르게 잘 자라주렴.

일류요리사 대접하다

우리 집에 단골 중에는 서울에서 큰 식당을 하시는 사장님이 계신다. 그분은 한 해에 한 번씩 오셔서 간장과 된장을 일 년 치를 사서 가시는데 꼭 직원 몇 명과 함께 나들이 겸 오시는 거다. 얼마 전에도 그분이 직원 몇 분과 오신다기에 점심 대접할 일이 걱정되었다. 가까운 식당으로 모실 수도 있겠으나 그건 먼 길 오신 분께 예의가 아닌 것 같고 신통찮은 솜씨로 점심을 대접하자니 주눅이 들고 고민이 되었다. 할 수 없이 내가 잘하는 된장찌개와 산나물 무침으로 상차림을 했다. 손님들 입맛에 맞을지 걱정이 되었지만, 점심을 맛있게 드시는 모습에 한시름 놓았다. 산골 식 상차림이 그분의 추억을 떠올렸고 담백한 음식이 맛나다고 했다.

된장을 만들고 판매하면서 우리의 발효음식에 대한 자부심도 남달라야 하고, 그 재료를 사용해 건강한 먹거리를 만드는 것이 생명을 살리는 사업이란걸 다시 한번 다짐하던 날이었다.

한식으로 오랫동안 음식업을 해오신 사장님이 산골까지 직접 찾아오시는 열정과 수많은 장류업체 중 우리 것이 입맛에 맞는다는 그 말씀 한마디에 신바람이 난다.

초심을 잊지 말고 늘 정성을 다해 상품을 만들어야지.

보름 준비

우리 마을은 오래전부터 음력 정월보름 이 되면 천제사를 지냅니다.

오늘 마을 회관 청소를 끝내고, 오래된 정자나무 주위에 왼새끼를 꼬아 걸고 부정을 금하며 보름을 준비합니다. 마을 분들의 종교만큼이나 진지한 천제 준비를 보며 마음이 숙연해집니다.

일이 바쁘다는 핑계로 마을 언저리만 돌던 내가 실제로 부녀회 일까지 맡아 보면서 어른들의 생활 깊숙한 곳까지 이해하는 데는 그리 오래 걸리지 않았습니다.

나라와 민족을 위한 기도와 마을 분들의 간절한 소망을 적어 열사흘 날 24시에 동계장님이 소지를 올릴 것입니다.

오늘 왼새끼를 꼬고 계신 저분은 황 씨 문중의 종손이신데 잘 지은 재실에 사시다가 재실 옆에 집을 짓고 사시는 분이죠.

이제 이런 풍습은 머지않아 다 잊혀질 것입니다.

대보름 명절을 위한 준비.

원평마을에만 있는 것입니다.

서실에서

봄비가 촉촉이 내렸다.

보드랍게 대지와 산을 적신 봄비는 물오르는 나뭇잎들을 반짝이게
한다.

농부의 일상은 봄비내린 후부터 더 바빠진다.

텃밭에 상추며 각종 나물 씨를 넣어야 하고 볕 잘드는 장독대 옆에 잡풀도 뽑아야 한다. 본격적으로 바쁜 시기가 되었지만 바쁘다는 핑계로 하고 싶은 것을 시작하지 못하면 아무것도 할 수가 없다.

오래전부터 붓글씨를 배우고 싶었던 터라 문화의 집 서실에 등록한지가 꽤 되었다. 줄긋기를 시작한 것이 엊그제 같은데 지금은 행서行書를 쓰고 있다.

서예란 심성을 표현하는 예술이다.

먹을 갈고 글씨를 한자 한자 정성스럽게 쓰다 보면 마음이 평온해 진다. 호흡을 가다듬고 붓 길을 따라 힘 있게, 때론 붓끝을 끌고 서법대로 글씨를 완성한다. 한없이 부드러운 붓으로 힘찬 기백을 표현하기도 하고 파임을 넘나들며 임서臨書를 한다. 옛 말에 서여기인書如其人이라고 글씨는 그 사람과 같다는 말이 있다.그러나 요즘은 글씨를 손으로 쓰는시대가 아니니 꼭 그 말이 맞는 말은 아니지만 예술의경지로 보는 서예는 어렵고도 멀기만 한 취미생활인 것 은 분명하다. 제대로 글씨가 되지 않을 때가 많다. 그래도 가랑비에 옷 젖는다고 조금씩 성장하지 않을까.

조용한 서실에서 먹 가는 소리만 들릴 뿐 나는 언제 일필휘지로 작품을 완성하고 낙관을 찍어보려나.

꾀병

2월도 시나브로 다 지나가는데 장담을 날짜만 세고 있다.

오늘은 날씨도 안 좋아 뜨끈한 아랫목만 지키고 있다.

요 며칠 포근한 햇살 아래 항아리를 닦아 놓고 할 일은 해도 해도 끝이 안 보이고 비닐하우스 가득 널어놓은 메줏덩이 만 보면 스멀스멀 어지럼증이 생기는데 필경 꾀병의 시작이다.

이젠 일만 보면 겁부터 더럭 나는 거로 봐서 갱년기의 증상이려니

이 봄,

이렇게 2월이 더디 간다냐.

여름

감자를 캐며

일기예보로 아래 지방부터 비 소식이 있다.

이제 장마철로 접어들기 전에 감자를 캐야 한다.

농작물 중 그래도 손이 많이 가지 않는 것이 감자 농사다 봄이 오면 제일 먼저 씨감자를 심고 버팀대를 세우거나 따로 관리하지 않아도 쉽게 자라는 식물이다.

어린 손주들도 감자를 캔다고 호미를 들고 밭고랑으로 따라와서 신기해한다.

뽀얗고 예쁜 감자가 얼마나 많이 나오는지

감자 찌고, 감자전 부치고 감자로 잔치를 하던 날이었다.

59

가끔, 아주 가끔은

성 하의 여름,

아버지는 노인이 운전하신다는 스티커가 붙은 애마를 몰고 딸네 집
에 오셨다.

모처럼 부모님이 오셨으니 우리도 일감에서 놓여 바람을 쐬러 가기로
했다.

우린 아주 느린 여행을 하기로 하고 바다가 보이는 곳으로 출발했다.

촌부의 일상에 이런 호사스러운 여행이 언제 있을까 하여 잠잘 때 갈아입을 반바지 한 개 가방에 넣고 그렇게 천천히 여행을 떠났다.

국도를 거쳐 안동하회마을에 들렀다. 강물이 마을을 감싸고 돌아 하회河回마을 이라고 불리는데 과연 그랬다. 시간이 멈춘 것 같은 고즈넉함이 마을에서 느껴졌다. 풍산류씨 집성촌이라 했는데 고택이 많고 잘 보존되어 있어 세계문화유산으로 등재된 것은 자랑거리가 아닐 수 없다. 서원이 있고 임진왜란 때 류성룡이 기록한 징비록도 있고 대표적인 하회탈이 있다. 푸른 숲이 싱그러운 마을을 걷는 내내 이렇게 마을을 가꾸고 보존하는 사람들이 있어 감사했다.

늦은 밤 강구항에 도착했다.

펜션 이름이 누워서 일출을 본다는데 과연 거실 창을 열고 떠오르는 해를 맞이하면서 아침을 맞았다.

날마다 해는 뜨고 지는 데 어떤 마음으로 그 풍경을 보는가에 따라 감동이 다르다.

끝없는 수평선 위로 바다를 붉게 물들이며 떠오르는 해를 보니 가슴이 뭉클하며 새 힘이 솟는 것 같았다. 날마다 저렇게 힘차게 솟아나는 해처럼 그런 아침을 시작해야겠다는 다짐을 해본다.

강구항의 유명한 대개 경매를 구경하고 경매로 산 살진 대개 먹는 맛.

집으로 오는 내내 비릿한 바닷냄새가 향기롭게 느껴지는 건 여행이 주는 참 맛이 아닌지.

그 집

풍물놀이를 배우던 때가 있었다.

지도하시는 선생님이 꽹과리를 들고 굿거리장단을 시작으로 휘모리 장단,삼채, 이체의 가락을 넘나들며 쇠를 치는데 숨어 있던 내 안의 세포들이 슬금슬금 살아 움직이는 것처럼 신명이 났다. 꽹과리 하나로 단번에 실내의 공기까지 압도한 듯한 장엄함에 욕심을 내어 꽹과리를 잡았다.

악기를 잘 다루면서 혼연일체가 되면 마치 악기에 영혼이 깃든 것처럼 사람의 맘을 움직이게 한다고 했다. 악기에도 영혼이 있는 것처럼.

지난여름, 친정 부모님이 증평으로 이사를 하셨다. 고향을 떠나 살았던 사람들도 나이가 들면 고향으로 돌아가고 싶은 것이 사람 마음인데 부모님은 정든 고향을 떠나 내가 사는 증평으로 오신 것이다.

고향을 떠난다는 것은 쉬운 결정이 아니셨다.

농사를 지으시던 아버지. 농부가 일손을 놓으면 마치 죽는 것으로 알

고 계신 아버지께 이젠 편히 우리 곁에서 여행도 하시고 하고 싶은 것을 하시라고 설득했다.

증평은 이천과 가깝고, 아파트 앞으로 누런 황금 들판이 있으니 맘에 드신다 했다. 논밭은 두고 올 수 있지만 살던 집은 사람의 온기가 없으면 쇠해지는 법이다. 집에도 살아가는 사람들의 영혼이 깃든 것처럼 주인이 떠나면 몰라보게 초라해진다.

그 집은 할아버지가 결혼해서 살림을 나시며 손수 나무를 켜다가 지은 튼튼한 집이었다. 대청마루가 넓고 뒤란에서 불어오는 시원한 바람이 여름을 이기게 하던 집. 아버지의 고향이시고, 우리가 태어나고 내 조카들까지 꼬물꼬물 자라나던 곳이다.

분꽃, 국화꽃 지천으로 피어나던 화단과 아버지의 손때가 곳곳에 남아있는 정든 집을 떠나려니 공연히 눈물이 쏟아졌다.

내 유년을 고스란히 간직한 집. 앞으로 백 년 이백 년도 끄떡없을 그 집을 떠나 이사를 하는 그것이 먼 저 천국 간 막냇동생을 홀로 두고 가는 것처럼 맘이 아프고 서운했다.

사랑하는 가족들이 있는 곳이면 집이 어딘들 상관없겠다고 앞으로 새집에서 행복만 만들며 살 거라고 애써 서운한 맘을 잠재웠다.

마지막으로 친정집에서 하룻밤 지내던 날 좀처럼 잠을 이루지 못했다. 새 주인이 이곳에 우리처럼 정 붙이고 잘 사시길, 손때 묻은 기둥을 속절없이 쓰다듬으며 영혼이 깃든 우리의 그 집이 반짝반짝 윤이 나길 바라는 맘으로 밤이 맞도록 청소를 하고 있었다.

어느 날의 기도

걸을 수 있다면 더 큰 복은 바라지 않겠습니다.
누군가는 지금 그렇게 기도를 합니다.
설 수만 있다면 더 큰 복은 바라지 않겠습니다.
누군가는 지금 그렇게 기도를 합니다.
들을 수만 있다면 더 큰 복은 바라지 않겠습니다.
말할 수만 있다면,
볼 수만 있다면,
살 수면 있다면 더 큰 복은 바라지 않겠습니다.
더 큰 복은 바라지 않겠습니다.

놀랍게도 누군가의 간절한 소원을 나는 다 이루고 살고 있습니다.
놀랍게도 누군가가 간절히 기다리는 기적이 내게는 날마다 일어나고
있습니다.

이것은 연세대학 설립자 언더우스 선교사의 기도문입니다.

아침에 건강하게 출근 했던 사람이 오후에 운명했다고 전해지면 심폐소생 끝에 기어이 운명했다고 해도 ,지금 기적처럼 살수만 있다면 아무것도 바라지 않겠습니다.

그 기도문을 외구고 또 외웠다.

청주 목련공원 화장장에 왔다.

황량한 벽면에 걸린 한글 서예작품에 눈길이 머문다.

최신욱님의 승무를 을곡 김재천 선생이 쓰셨다.

이제 무거운 육신을 벗고

훨훨 날아가련다

근심 없는 세상에서

맘껏 날아보련다

두둥실 구름타고

덩더쿵 얼쑤

나래를 한껏 펴고

덩더쿵 얼쑤.

47살 꽃다운 나이에 사랑하는 아내와 8살 6살 딸들을 두고 한줌 재로 남을 이 시간.

을씨년스런 화장장 분위기와 애끓는 울음소리소리가 가슴속을 파고든다.

죽음이 우리와는 상관없음같이 교만했던 삶의 나날들.

생명을 주신 하나님이 부르시면 나 바쁘다고, 아직 해야 할 일들이 남았다고 핑계치 못할 질그릇 이였음을 다시 고백하며 인정하는 시간이었다.

죽음 앞에 미움도 ,욕망도, 다 소용없음을, 오직 사랑하고 산 삶만이 진주처럼 빛나는 것을 보며 시간이 주어졌을 때 원 없이 사랑하고 살아야지 내일이 있다고 미루지 말아야지.

언제일지 이 땅에서 날 부르시면 기쁨으로 본향 갈 날을 준비해야지.

언더우드 선교사의 기도처럼 날마다 기적을 살아가면서도 느끼지 못하는 것이 아니라 감사로 기쁨으로 그 기적을 체험하며 살기 원한다고 고백하며 기도해 본다.

면접관을 웃겨라

미국의 한 고등학교 남학생이 배우가 되고 싶은 마음에 무작정 할리우드로 갔습니다. 하지만 영화 관계자들은 그가 나이가 어리고 경험이 없다는 이유로 계속해서 퇴짜를 놓았습니다.

그러던 어느 날, 운 좋게 한 영화사에서 진행하는 배우 선발 면접에 참여할 수 있었습니다. 하지만 이 학생의 순번이 됐을 땐 면접관들은 오랜 면접 때문에 지친 표정이었습니다.

한 면접관이 그에게 물었습니다.

"당신의 자료는 이미 다 살펴봤으니 소개할 필요는 없고, 당신이 가장 잘할 수 있는 것이 무엇인지 간단하게 대답해 보세요." "저의 특기는 사람들을 웃게 만드는 것입니다." "그래요? 그럼, 여기서 한 번 보여주세요. 빠르고 간단할수록 좋습니다."

면접관은 대충 대답하며 빨리하라고 했습니다.

그러자 그 학생은 곧바로 시험장 문을 열고 밖을 향해 소리쳤습니다.

"면접을 기다리는 여러분! 인제 그만 대기하고 집에 가서 식사하세요. 면접관들이 나를 채용하기로 했습니다."

면접관들은 상상하기도 힘든 그의 행동에 그만 웃음을 터트리고 말았습니다. 그리고 그는 누구보다 강력한 인상을 남기며 영화사에 채용되었습니다.

이날 재치 있는 모습을 보여 준 학생은 훗날 많은 이들에게 웃음을 선사하며, 미국 '코미디의 황제'라는 별칭을 얻은 희극배우 '밥 호프'입니다.

꼬물거리며 커가는 손주들이 말문이 트이고부터 제 외할머니와 나를 구분해 부릅니다.

외할머니를 남하리 할머니, 나를 죽리 할머니라 하기에 어느 날 내가 말했습니다. 죽리 할머니를 그냥 할머니라고 하면 되는 거야 알았지?

고개를 끄덕이며 그냥 할머니라고 하면 돼?

막내 세빈이가 다시 물었습니다.

응.

조금 있다가 녀석이 문을 열고 그냥 할머니 ~

하고 불렀습니다.

그냥은 빼고 그냥 할머니라고 부르라니까.

네, 그냥 할머니.

녀석을 이해시키긴 힘들어 나는 죽리 할머니에서 그냥 할머니가 되어 버렸습니다.

가끔 아이들의 무한한 능력에 놀랄 때가 있습니다.

아직 글씨도 모르고 숫자도 모르는데 주차장의 수많은 차 가운데 내 차를 정확히 알아낼 때도 그렇습니다.

그 애가 기억하는 무언가가 머릿속에 있기 때문일 텐데 나는 이해하기 어렵습니다.

며칠 전 큰며느리의 친정아버님이 갑자기 돌아가셨습니다.

초등학교 1학년인 손녀딸이 제 사촌 동생을 보더니 대뜸 이렇게 말하는 것이었습니다. "경빈아~ 외할아버지가 돌아가셔서 얼마나 슬퍼?"

"이제부터 내가 너를 잘 보살펴 줄게."

어리다고 잘 모를 거라고 그렇게 생각했는데 의젓하고도 어른스러운 말로 위로하는걸 보며 깜짝 놀랐습니다.

아이를 태우고 저수지를 지나니 녀석이 저기에서 외할아버지랑 새우 잡던 곳이라고 외할아버지는 이제 어디로 가셨냐고 묻습니다.

외할아버지는 하늘나라로 가셔서 별처럼 날마다 경빈 이를 보고 응원하고 계신다고 말해 주었습니다.

외할아버지의 사랑을 듬뿍 받았던 아이는 잠을 제대로 자지 않고 자꾸 할아버지를 찾으며 깨기를 반복했습니다.

어린 손주가 감내하기 힘든 슬픔을 주고 홀연히 별이 되신 그 일은 아이의 기억 저편에서 사랑으로 피어나겠지요.

무한한 상상력과 호기심 가득한 아이들이 꿈꾸는 세상은 어떤 것인지 우리는 나이를 먹어가면서 감성도 무뎌지고 웃음도 인색하고 고정관념의 틀에서만 살아가는 것 같습니다.

선한 영향력은 다른 어떤 것보다 강력한 힘을 가지고 있습니다.

사람의 마음을 한순간에 무장해제 시킬 수 있으며, 병든 마음을 치유하는 놀라운 능력도 있습니다.

그리고 웃음은 자신에게도 남에게도 행복을 가져다주는 놀라운 에너지 아닐는지.

문자 메시지

유○○국장님과 나는 사랑하는 사이였다.

전화 뒤에 그분은 언제나 "사랑혀 공 여사." 라고 말씀하셨고,

내가 전화를 할 때면 "사랑하는 국장님" 하고 불렀으므로 누가 뭐래도 우린 사랑하는 사이가 맞다.

증평 문인협회 전신인 샘 문학회 어느 월례회 날이었다.

그날 신입회원으로 멋진 중년의 남성 회원 한 분이 들어오셨다.

자신의 소개를 하신 후, 좌중을 한번 둘러보시더니 여성회원들이 다

들 미인이시란 소문을 듣고 왔는데 정말 그렇다고 너스레까지 덧붙여 한바탕 웃음이 일었다. 마치 오래전부터 알았던 분처럼 낯설지 않았고 첫인상에 이마가 시원하게 잘 생기셨다고 느꼈었다.

그분은 내가 생각했던 것처럼 모든 일에 능동적이어서 이제 막 커나가는 문학회의 중심에서 일하고 계셨다. 그분이 사무국장이고 내가 총무 일을 맡아 6년이나 함께 일을 했다. 매사 꼼꼼하시고 매끄러운 일솜씨로, 뛰어난 언변으로 늘 좌중을 사로잡았다.

그 무렵 나는 장류 사업을 시작해서 몸도 맘도 매우 바쁜 시기였다.

특히나 택배 주문은 날마다 있지만, 그리 많은 양이 아니었는데 흔쾌히 기름값도 안 나오는 택배 수거를 맡아주셨다. 그러니 그분과 나는 주말만 빼고는 날마다 만나는 셈이 되었다.

어렵고 힘든 날이 있으면 좋은 날이 더 많을 테니 열심히 해보라며 늘 응원하셨다. 언제 어디서나 만나 뵈면 너털웃음을 웃으셨고, 웃음이 많던 나도 그분을 만나면 덩달아 웃음소리가 커졌다.

그렇게 그분과의 인연은 장맛처럼 익어만 갔다.

일하시되 즐겨 했던 그분의 성격처럼 퇴임 후 마련한 시사랑 공간은 참 아늑하고 멋진 곳이었다. 차 향기와 책상 위에 어지러이 쌓인 이면지와 한옥의 분위기가 내 맘에도 쏙 들었다.

나도 저렇게 나만을 위한 행복한 방을 만들어야지 하고 가슴속에 품고 있었다.

서울의 문학 행사에 함께 갈 때는 첫사랑 월득이 이야기를 참 재미있게 들려주셨다. 18살 소년의 가슴에 풋풋한 첫사랑을 심어주었던 윌들이란 분. 순수한 사랑한 번 안 해본 사람은 문학을 이야기할 자격이 없다나. 직업군인으로 전국을 돌아다녀서 부부가 함께 지낸 날이 적었지만, 지금의 아내는 늘 새벽기도로 자신을 내조한 훌륭한 분이라고 자랑하셨다.

겉으로 보면 강한 면만 보이지만 막내 아드님이 결혼하며 선교지로 떠날 때의 시詩에선 정에 한없이 약한 눈물 많은 아버지의 모습도 보이신다.

정년을 맞이하시고 이전보다 더 바쁘시게 맘껏 하시고 싶은 일을 하셨던 분. 문학이야기만 하시면 눈빛이 초롱초롱하게 빛나던 소년 같은 그분에게서 들노래 축젯날 문자가 왔다.

'고 유병택 국장님 별세'

아무리 농담이라도 이럴 수는 없어서 문인협회 사무국장에게 전화를 넣었다. 하필이면 그 주간 며늘아기가 병이 나서 젖먹이 손녀딸을 맡아보고 있던 터였다.

다시 그분이 보내온 문자를 몇 번이고 천천히 읽어보았다.

점점 흐릿해지는 글씨와 그분의 미소가 그렁그렁 눈길에 아른거렸다.

믿거나 말거나

아침에 자고 일어나니 마당에 버섯이 새하얗게 꽃이 핀 것처럼 자랐습니다. 장마철 우기 때문일까요? 처음 보는 풍경이 신기합니다.

오래전에 나무그루터기가 있던 자리였어요.

30여 년 전이었는데 지금까지 저 종균이 웅크리고 땅속에서 새롭게 피어날 날을 기다렸던 걸까요.

연꽃 이야기가 생각납니다.

천년도 더 된 연꽃 씨앗을 심었더니 마치 아름다운 선녀가 내려온 듯 꽃을 피운 사진을 본 적이 있어요.

자연이 생명을 보듬는 위대한 일이 아닐는지.

빈 둥지

오늘 아침 일찍
헛간에 가보니 새 둥지가 텅 비었습니다.

또 괭이 녀석이 물고 갔나 하고
가슴이 철렁했습니다.

그런데 부화하지 못한 알 한 게만 남기고 녀석들이 모두
울타리 모과나무 가지에 앉아 있었습니다.

엊그제만 해도 눈도 간신히 뜨고
어리디어리어 맘 졸이고 들여다봤거든요.
어제는 나를 빤히 쳐다보기도 했는데
벌써 날아서 독립하게 될 줄 몰랐습니다.

빈 둥지를 보는 순간

대견하기도 하고,

쓸쓸하기도 하고

마치

인간의 모습과 조금도 다르지 않은 것 같아

가슴이 뭉클했어요.

창공을 훨훨 날아

맘껏 살아보려무나.

애썼다.

찌르레기 부부여.

세빈이 1

이 여름의 끝에

우리 집에 새 생명이 태어났다.

자녀를 많이 낳지 않는 요즘에 셋째를 낳은 것이다.

생명의 탄생은 온 집안의 축제이다.

누가 이렇게 사랑스러운 천사를 보내주셨나.

너무나 귀하고 아름답다.

강보에 싸여 새근새근 잠자는 아가는

보기만 해도 절로 미소가 지어진다.

얼마나 사랑스러운지

얼마나 귀여운지

할미가 기도한다.

사랑하는 아가야

세상에서 많은 사람에게 사랑받고 자라고

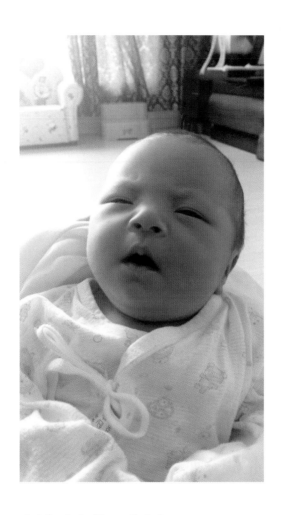

사랑을 많이 나누고 살아라.

큰 꿈을 갖고 그 꿈을 이루는 훌륭한 사람이 되어라.

건강하게 튼튼하게 예쁘게 자라나거라.

세빈이 2

무덥단 소리가 마치 오래전의 일인 양, 아침저녁의 바람은 참으로 신산하다.

그 가뭄의 끝에 무씨를 두 번이나 뿌리고서 이제야 땅 내음을 맡은 듯 파릇하다.

계절이 어떻게 알아서 바람마저 시원한 걸까?

씨를 뿌린 거 어찌 알고 보이지도 않는 배추벌레는 온 것일까?

나는 계절의 언저리를 무심코 사는데 채마 밭의 무처럼 아이들은 이 여름 성장했다.

오늘은 셋째 손녀딸 세빈이 첫돌이다.

혼자 놀다가도 현관문에서 기계음이 들리면 순식간에 기어가 제아빠를 온몸으로 반긴다.

세빈이는 일어나서부터 종일 웃는다. 웃을 때마다 볼우물이 들어가는데 아이의 웃는 모습만 보고도 우리는 모두 행복에 전염된다.

돌잡이에서 청진기를 집어 들었다.

아무쪼록 건강하게 튼튼하게 자라나서 많은 사람에게 사랑을 주는 사람이 되거라.

신제품 만들기

증평이 인삼의 고장입니다.

그래서 한 해에 한 번씩 인삼 명품화 사업단에서 인삼을 이용한 제품 공모가 있지요.

우리도 그 공모에 참여해서 신제품을 만들었습니다.

인삼 건 청국장.

콩을 끓일 때 인삼을 넣고 삶아서 콩에 인삼 향이 스며들고 그 향이 청국장의 냄새를 줄여줍니다.

잘 발효된 청국 콩을 진이 나는 상태로 건조해서 먹는 제품입니다.

찌개를 끓이지 않아도 되고 청국장에 있는 몸에 좋은 것을 먹기 위한 제품. 보관도 간편하고 외국에 있는 교포들이 고향 음식이 그리울 때 바로 끓이면 청국장이 되는 각종 요리에 쓰임이 있는 거라서 좋은 기대를 해 봅니다.

밥이 무엇이기에

얼마 전 상의 아저씨가 돌아가셨다.

뇌졸중으로 요양병원에 계신단 소린 들었는데 결국 돌아가셨네.

아버지의 눈가가 빨갛게 충혈되었다.

코로나로 비상인데 아버진 서울장례식장에 오시지 말라고 남동생이 대신 인사드린다고 신신부탁을 한다.

상의 아저씨는 아버지의 외사촌 동생이다. 한마을에서 태어나 어려서 부터 같이 살아온 친형제나 다름없는 동생의 부음을 아버지는 못내 서운해하셨다. 의협심이 강하고, 인정이 많고 호탕하게 생긴 아저씨는 내게도 남다른 추억이 있어 종일 맘이 아팠다. 6·25 때 피난 가셨던 아저씨의 아버지는 끝내 집에 오시지 못하여 행방불명으로 남으셨다. 많은 형제와 유복자 여동생과 연약한 어머니의 짐을 나눠서 지느라 끝까지

고생했지만 언제나 유쾌하셔서서 그분이 계신 명절 전후는 늘 훈훈하고 정겨웠다. 일가친척 대 소사 때 그분의 웃으시는 모습을 늘 뵙곤 했는데 이젠 뵐 수가 없을 것이다.

상의 아저씨와의 추억은 내가 읍내 중학교에 입학한 어느 토요일에 머물러 있다. 버스 정거장에서 차를 기다리는데 서울 사시는 상의 아저씨가 나타났다. 마침 아저씨는 볼일이 있어 시골집에 가시는 길이라 하셨다. 버스가 곧 올 텐데도 배고프겠다며 우리를 이끌고 짜장면 집으로 가셨다. 시장도 했었지만, 중국요리에서 나는 맛있는 냄새와 처음으로 먹어본 자장면이 그렇게 맛있을 수가 없었다. 아저씨가 일일이 짜장면을 젓가락으로 비벼 주시며 맛있게 먹으라고, 공부 열심히 하라고 하시는데 얼마나 자상하고 멋지시던지.

나는 지금도 최고로 맛있었던 상의 아저씨의 짜장면 맛을 잊을 수가 없다. 언제가 내가 크면 아저씨께 맛난 밥 한번 사드려야지 그렇게 속으로 약속했었는데 그 밥 한 번을 사드리지 못하고 아저씨가 오지 못할 길을 가신 것이다. 밥이 그냥 한 그릇 식량이기 이전에 밥에 담긴 정성과 사랑을 함께 먹었던 우리 민족은 밥 한 그릇에 그렇게 애달퍼 하는 것인가 보다. 그래서 지금도 인사치레가 밥 한번 먹자 아닌지. 모든 것이 풍족한 이 시대를 살면서 다른 귀한 것도 아닌 밥 한번 못 대접한 그것이 못내 서운한 걸 보니 나도 옛날 사람인 것 같아 슬픈 웃음이 난다. 얼굴 가득 온화한 미소를 머금었던, 그리고 웃음소리가 호탕하셨던 상의 아저씨의 명복을 비는 아침이다.

새식구 들이기

굼벵이 아줌니댁 개가 새끼를 낳았다는 이야기를 얼핏 들었다. 어느
새 젖을 떼고 사료를 먹는데 복슬복슬하니 귀엽다. 우리 집에 해피가 있
어서 굳이 강아지를 데려올 필요는 없는데 그 어미의 이야기가 솔깃 호
기심을 자극한 거였다.

굼벵이 아줌니의 막내딸이 부천서 이사 올 때 데리고 온 시댁의 개로
시베리안 허스키의 순종이란다. 잠깐 맡아달라는 부탁을 받았지만 한
달도 안 되어 가출해 버려 찾을 길이 없었다. 아예 잊어버린 줄 알고 지
낸 지 일 년쯤 지나 북극곰 같이 잘생긴 그 허스키가 집을 찾아온 기적
이 일어난 거다. 그 영특함에 감동이 되었다.

새끼가 허스키 순종도 아니고 진돗개도 아닌데 눈은 쌍꺼풀이 지고
영리하기 그지없어 한 마리를 덥석 데리고 온 것이다.

우리 집 뜨락에 새로운 녀석이 나타나자 날마다 싸움이 일고 새로 온
허스키는 신발이며 빨래까지 물어다 쌓아 놓는 것이 일과였다. 두 녀석

이 어지럽힌 뜨락도 그렇거니와, 똥오줌 못 가리는 어린 것이라 잔디밭 아무 구석에나 볼일을 본다.

우리 집은 이제 동물농장이 되어가는 중이다.

싱그러운 신록의 계절에

집 울타리에 넝쿨장미 싱그럽게 피어나고 뒷산 숲은 푸르게 물들어 생기 가득한 계절의 여왕 5월에 아버지는 다시 오지 못하실 길로 떠나셨어요.

아버지를 목놓아 불러도 이젠 대답 못 하시는, 조금 전까지도 내 손을 잡고 웃으시던 그분은 말씀이 없으셨어요.

모든 만물이 소생하는 이 봄에~

언젠간 이별을 할 줄 알고 있었지만, 맘의 준비도 안 되었는데 그렇게 홀연히 가시줄 몰랐네요.

88세를 살도록 한 번도 남의 손 의지해 본 적 없는 그 강직함이 입원 중에도 혼자 화장실을 다녀오실 정도로 의연하시더니

마지막 기도

"하나님 아버지 이제 날 데려가 주세요"

아버지에게 아픈 손가락이었던 내가 회갑이 넘도록 응원하시면서 살

아주시고 여전히 일 조금씩 하라고 염려해 주시던 날마다 물가에 내놓은 아이처럼 챙겨주셨던 그 사랑.

얼마나 큰 사랑을 받았던 것인지

까무룩

아버지의 의자에 앉아 온기를 느껴봅니다.

아버지의 유품을 정리하고 읍사무소에서 사망신고를 하고 오던 날

이제는 아버지가 안 계신단 그 막막함과 가슴속의 허전함.

울컥울컥 찾아드는 슬픔을 이기며 6월을 맞습니다.

업고 업힘은

요즘은 아이를 잘 업어 주지 않는다.

대부분 안고 다니거나 유모차에 태우고 손에서만 아이를 기른다.

우리 집에 손녀딸이 오면 나는 처네 포대기로 자주 업어 준다.

등에 업힌 어린것과 하나가 된 것 같은 시간이고 아이도 등 너머로 나와 같은 방향을 보고 있다.

아이를 업고 마당을 거닐면 어느새 새근새근 잠이 든다.

아이도 작은 흔들림이 요람처럼 느껴지는 걸까.

내가 태어나고 6개월이 되었을 즈음 친정 할머니가 돌아가셨단다.

첫 손녀딸인 나를 예뻐해서 아프신 몸으로 몇 번 업어 주셨다는데.

49살에 지금의 나보다 훨씬 젊은 친정 할머니는 그렇게 사랑을 표현하시고 돌아가셨다. 우리 은빈이를 업어 주며 새삼 얼굴도 기억 못 하는 친정 할머니의 맘이 느껴졌다.

내 등에서 새근거리는 어린 생명의 숨소리를 듣는 것이 참 행복하다.

　"무럭무럭 자라거라" "맘껏 꿈을 펼치는 아이가 되거라" 그렇게 조용
히 잠든 아기의 귓불에 속삭여 준다.
　업고 업힘이 사랑인 것을.

여름 뜨락

어느새 6월이다.

봄 가뭄이 길어 농작물들의 목마름이 몇 주째이다.

이른 봄 백봉 오골계 몇 마리 사다 넣었더니 암컷 두 마리가 이제 알을 낳기 시작했다.

초란이라서 메추라기알보다 조금 클까. 신기했다.

알을 낳기 얼마 후부터 암컷이 둥지에서 나오지 않는다.

이 더운 날 어쩌자고 알을 품기 시작한 것이다.

누가 알려 주지 않았는데 번식의 본능일까.

수컷이 없어 무정란인데 이를 어쩌랴.

생각 끝에 이웃 대전 형님댁에서 유정란 10개를 얻어 넣어 주었다.

잘 품어줄 줄 알았는데 이놈이 자기 알이 아니라고 두 개를 톡 깨서 뭉개고 홰에서 잔다.

그런데 오늘 아침 맘이 바뀌었는지 이렇게 병아리를 부화하기 위해 몸소 고행을 시작했다.

　날씨가 무더워서 숨을 할딱이면서도 절대로 둥지 밖으로 나오지 않
는다.

　거룩한 모성이다.

　눈물겨운 어미의 희생이 있어야 새끼를 얻는 것이지.

월드컵과 그날

2002년 월드컵이 시작할 때까지도 내 동생은 풋풋했었다.

아니 적어도 5월까진 그랬다.

그때까지 항암제를 맞으며 출근을 했으니까. 그러나 점점 야위어 가는 동생의 얼굴을 차마 볼 수 없었다. 5월 초엔 모내기 때문에 인천의 큰동생이 늘 아버지를 돕곤 했는데 그해엔 올케로부터 못 내려간다는 전화만 받았다. 나중에 알았다. 쌍둥이와 같이 자란 큰동생이 제 동생의 예측할 수 없는 미래 때문에 몸져누웠다는 사실을. 차마 아버지께 그런 말씀을 할 수 없어 밤마다 홀로 울부짖었다는 사실을.

불과 한 주 전 동생과 함께 저녁을 먹고 왔는데 병원에 입원했다는 연락이 왔다. 꿈에도 그 애가 혹시 삶의 끈을 놓지 않을까 염려해 본 적 없다. 그 밤이 지나면 배시시 웃으며 원기를 회복할 거라고 그렇게 믿었다.

옆방 입원실에선 월드컵 축구 응원으로 병원이 들썩거렸다.

산소 호흡기를 꽂고 힘겹게 앉은 동생은 눈꺼풀에도 힘이 없었다. 위 암은 치료되었는데 간과 폐에 전이 된 때문이었다. 쌍꺼풀진 동그란 눈. 여자처럼 손가락이 희고 길어 손이 참 예쁜 줄 그날 처음 알았다. 똑 고른 흰 치아가 웃을 땐 참 매력 있던 장난꾸러기 막내였다.

담임 목사님이 예배를 드리고 가신 지 얼마 안 되었는데 엄마는 나한 테 또 기도하라고 하셨다. 동생을 부둥켜안고 살려달라는 기도를 하려 는데 내 입에선 "하나님 내 사랑하는 동생의 영혼을 부탁한다고 천국 에선 아프지 않게 살게 해달라고 그렇게 기도를 하고 있었다."

엄마와 올케의 오열 속에 동생은 내 품에서 조용히 눈을 감았다.

43살 젊디젊은 내 동생의 아들은 6살이었다.

엄마 아버지가 그리고 내 어린 조카가 어떻게 남은 세상을 살아야 하 는지. 그 후로 오랫동안 난 밤마다 숨이 막혀 죽을 것만 같았다. 제 형 의 첫 돌날 태어나 생일이 같은 쌍둥이 형제. 누구보다 건강했고 곰살 맞았던 막내의 부재는 우리 가족 모두 한쪽 심장이 없는 것 같은 현상 을 느끼게 했다.

시간은 무심히 흘러 어느새 다시 월드컵이 시작되었고. 내일이 내 동 생의 기일이다.

아직도 지우지 못한 동생의 전화번호를 눌러서 보고 싶다고 그리운 네 목소리 듣고 싶다고 소리죽여 울며 지내는 6월이다.

이제는 콩 심을 때

5월의 잦은 비로 인해 밭둑의 흙이 질퍽하게 신창에 달라붙는다.

적당한 가뭄이라야 곡식도 열매를 낼 텐데.

콩을 벌써 세 번 심고도 다시 콩 모종을 부었다.

산 비둘기가 삐죽이 나온 콩 순을 다 따먹었기 때문이다.

농부와 새들의 눈치 전쟁

모판에서 싹을 틔운 콩 모종도 꽃처럼 이쁘다.

장독대 앞에 조용하게 피어나는 낮 달맞이의 향기로 고요한 아침 풍경에 빠진다.

잦은 비 때문에 오늘은 고추밭에 탄저병 약을 뿌렸다. 10여 년 전 초평 권사님 댁에서 얻어온 방울꽃이 수줍게 피고 있는데 권사님 사시던 그 옛집 마당에도 혼자서 피어나는 야생화가 집을 지키고 있겠지.

아름다운 계절은 우리를 찾고 또 찾아 오는데 언제나 정다운 이들 맘껏 만날 날이 올까. 하무룩 기다려 볼 밖에.

夏

여름 일기

한낮의 불볕이 가마솥 열기다.

그래도 이 여름 햇살이 있어야 고추를 익히고 열매를 성장시킨다.

더위를 피해 이른 새벽부터 두 물째 고추를 따는데 땀이 비가 오듯 한다.

농사란 제때 심고 가꾸고 이른 비 늦은 비, 적당한 햇볕이 함께 키우는 것이다.

태풍에 비바람도 견디고, 병충해도 견디고 이렇게 실하게 열매를 거둬들일 때의 기쁨.

그동안의 맘고생 몸 고생을 다 잊게 해준다.

우진이네 고추밭을 시작으로 탄저병이 돌기 시작했다.

고추에 탄저병이 오면 수확을 하나도 못 한다. 장마철 습한 온도 때문이다.

방금 따온 고추를 차가운 지하수로 씻어내니 붉은색이 더욱 선명해

져 마당 가득 가을을 불러들인다.

오늘 따온 고추는 태양초로 잘 말려서 고추장도 하고 김장도 할 것이다.

여름이 깊어지고 곡식이 여무는 것처럼 방학을 맞아 온 손주들도 키가 제법 자랐다.

이 더위 가고 나면 신산한 가을바람 불어올 테지.

마당 가에 고추잠자리 몇 마리 무심히 날아다니는 여름날이다.

코끼리 마늘꽃

이제 이번 주말이면 마늘을 캐야 한다.

오랜 가뭄에도 잘 견뎌서 마늘이 실하게 생겼다.

올해도 마늘꽃을 보기 위해 밭 가장자리로 코끼리 마늘 씨앗을 넣었더니 예쁘게 꽃이 피어났다.

코끼리 마늘은 일반 마늘보다 10배는 더 크고 실해 마치 양파만큼 크는 우리 토종마늘이다.

6.25 무렵 미국에서 종자를 유전자원으로 수집하였던 것을 국내의 유전자원센터로 영구 반환된 특산물이다.

일반 마늘보다 향이 순하고 양파 맛이 나서 주로 굽거나 조림 등으로 요리에 사용한다.

내년에는 좀 더 심어봐야겠다.

마늘도 손이 많이 가는 작물이 아니면서 이모작이 가능한 효자 식물이다.

마늘 캐고 나면 곧바로 들깨 모종을 할 것이다.

땅은 쉼 없이 생명을 키우고 열매를 낸다.

내가 잘해서가 아닌, 바람과 햇살과 이른 비와 늦은 비

그리고 하나님의 섭리인 계절의 변화가 이렇게 우리 곁에 있다.

이 모든 그것에 감사했었나?

여름 안부

지독한 한낮의 열기로 모든 곡식과 질긴 생명력을 지닌 풀조차 힘없이 늘어지기를 몇 주째다. 고추 고랑으로 몇 번이나 물 댄 호스를 넣어 줬지만 뜨거운 열기로 헉헉대는 건 곡식이나 사람이나 마찬가지였었다.

간절히 기다리던 비가 드디어 오늘 시원하게 내리고 다시 햇살이 맑았다.

촉촉한 빗방울이 튕길 때마다 푸른 곡식들과 나뭇잎들이 춤을 추는 것같이 싱그럽고 마른 먼지 풀풀 날리던 땅은 온몸으로 물을 머금는다.

마치 사바나의 오랜 가뭄 끝에 우기가 오고 시원스레 내리는 비로 인해 온 천지가 죽음 같은 건기에서 견뎌내 생명을 얻는 그런 기분마저 드는 한낮이다.

그 뜨거움 가운데 조용히 제 몸을 붉히던 고추는 이제 첫물 수확을 시작으로 마당에 섣부른 가을을 불러들일 셈이다.

여름 뜨락에 고추뿐이랴

방학을 핑계로 두 아들놈 온 식구 대동해 수영장을 차려 눌러앉았
다.

　　지하수로 뿜어낸 차가운 물에 발을 담그고 눈망울이 해맑은 손주들
과 옥수수 하모니카를 불며 또 그렇게 한 여름을 살아가는 것이다.

　　울타리를 따라 새깃유홍초 빨간 꽃을 별처럼 조롱조롱 피워 올리고,

　　사립문 옆으론 다육이 몇 분 무더위 아랑곳하지 않고 실하게 자구를
달아내고 마당에는 잠자리채 들고 뛰어다니는 아이들의 웃음소리 가득
하니 코로나로 인해 우울하고 적막했던 뜨락에 드디어 생기가 돈다.

　　잘 지내고 있다고, 잘 견디고 있다고

　　그렇게 여름 안부를 띄워보는 중이다.

여름아, 놀자

여름입니다.
뜨락에 낮 달맞이 가득 피어나던 날 손녀가 왔습니다.
우리 집 복실이가 새끼를 낳은 지 한 달쯤 되어
강아지가 참 예쁩니다.
수원 사는 손녀딸 강아지를 너무 좋아해서 일어나자마자
강아지한테 달려갔습니다.
마치 제 동생인 양 품에 안고 종일 강아지 곁에서 놀았습니다.
손녀딸이나 강아지나 귀엽긴 매한가지죠.
천진난만한 아이들 보며 절로 미소가 지어집니다.
조용했던 집안이 아이들 소리로 생기가 돌고
어린 것 뒤 따라다니느라 나는 힘에 부칩니다.
무럭무럭 커가는 텃밭의 옥수수처럼
탈 없이 커 주어라 내 아이들.

夏

알람을 바꾸던지

이른 봄, 장에 가서 병아리 6마리를 사 왔다.

나는 닭똥 냄새 싫어서 병아리 절대 안 키운다고 경고를 했는데도 내 말은 안 중에도 없이 복실이 집에 병아리를 사다 넣은 것이다.

사료 한 포에 15,000원짜리를 사다 주면서 올가을부터는 유정란을 아침마다 먹게 해 준다고 큰소리를 한다.

그 사룟값이면 마트에서 유정 난 우아하게 사다 먹는 줄 모르는 사람도 있나.

씨암탉 거느릴 수탉이 올여름 제법 컸다.

며칠 전부터 새벽마다 기괴한 소리로 홰를 치는데

꾀꾀긱.

마치 쉰목소리처럼 이상한 소리로 울더니

오늘 새벽부턴 제법 우렁차고 멋진 소리로 새벽을 깨웠다.

하~

알람 소리 괜찮다고 생각할 무렵

이것이 한 시간째 목청을 돋워 소리를 지른다.

꾀꾀꾁. 괴괴꾁꾁

나는 이불을 뒤집어서 쓰고 이렇게 혼잣말을 했다.

내가 기어이 알람을 바꾸고 말 것이다.

아버지의 의자

비학 골에서 며칠째 뻐꾸기 울음소리가 간간이 들렸다.

제 둥지도 짓지 않고 제 새끼도 남의 손에 키우는 염치없는 새이건만 그 울음소리는 청아하기도 하고, 때론 구슬프게도 들린다. 뻐꾸기 소리가 들판에 퍼지면 어른들은 들깨 씨를 넣을 때가 되었다고 했다.

마치 옛날 인디언 부족들이 아이의 이름을 지을 때 '늑대와의 춤을'이라거나 '머리에 이는 새' 등으로 부른다고 할 때처럼 생경하지만 정감 있게 들리니 참 이상한 일이다.

IT 강국이라는 나라에 살면서 아직도 어른들은 계절의 변화를 산과 강과 동물들의 움직임을 온몸으로 가늠해 씨앗을 뿌리고 거두기도 한다. 농사일이란 게 그중 자연에 가깝기 때문이리라.

아버지도 그랬다.

평생을 농부로 살아오신 아버지는 4년 전 읍내 아파트에 거처를 옮기시고도 베란다에서 보이는 논에다 눈으로 농사를 지으셨다. 그곳에 다

탁을 놓아드리니 날마다 논의 벼 이삭이 커가는 기쁨으로, 가을엔 황금 들녘을 보는 것으로 만족하셨다.

가끔 제때 풀을 잡지 못한 논배미를 보시면 게으른 농부라고 혀를 끌끌 차시면서 말이다.

아버지의 맘으로는 지금도 트랙터를 끌고 밭을 갈 기세인지라 전답을 집안 동생에게 맡기고 아파트에 거처를 옮겨 드렸고, 당신도 은퇴할 연세임을 이미 아셨다.

얼마나 쓸쓸하셨을까?

성경에 야곱이라는 인물이 나온다. 그는 쌍둥이로 태어나 이미 복을 가지고 낳았음에도 끊임없이 욕심을 내므로 형도 속이고 외삼촌도 속이고 거부가 되었다. 그러나 바로 왕 앞에서 이렇게 고백한다. '내 나그넷길의 세월이 백 삼십 년이나이다. 내 나이가 얼마 전 못되니 험악한 세월을 보내었나이다.' 인생을 나그넷길이라고 하면서도 이 땅에서 영원히 살 것처럼 생각하는데 우리의 모습이잖은가.

아버지는 지난 5월 들판의 벼 이삭이 싱그럽고 푸른 숲의 향연이 한창이던 날 베란다에 의자만 덩그러니 남겨 놓고 하늘나라로 가셨다.

아버지 생각이 문득문득 날 때면 나도 말없이 베란다 의자에 앉아 밖을 내다본다. 하늘나라에 가셨으니 이제 쉼을 누리시겠지. 혹여 내가 허리라도 아플까 봐 늘 걱정하셨는데 모든 염려에서 벗어나셨겠지.

사랑하는 아버지를 공원묘지에 모시고 돌아오던 날 내 맘은 죽을 것처럼 슬픈데 세상은 여전히 아무 일 없던 것처럼 고요하다.

살아가는 동안에 나는 무엇을 심었고 무슨 열매를 기대하며 인생을 살고 있나, 아버지의 체취가 남아 있는 의자에 앉아 수 없는 생각들이 많아지는 그런 날이다.

가을

9월

끝날 것 같지 않은 한여름 뙤약볕이 상큼하고 신산한 새벽바람에 어느샌가 꼬리를 감추었다. 간간이 바람결에 와 닿는 초가을 향기가 이제야 여름을 이긴 승리감에 젖게 한다.

배나무골 아주머니 밭둑에 듬성듬성 심기운 수수목이 더없이 정겨워 보이는 요즘 어느새 9월이다. 방학 동안 키가 한 뼘이나 커 보이는 앞집 우진이는 제법 숙녀티가 나고 있다.

뜨거운 태양과 대지가 보이지 않는 성장과 고뇌의 시간을 주었다면 이제 가을로 접어든 지금 열매를 품으로 안아야 한다.

가을을 준비한 수첩의 메모를 넘겨보다 깊숙이 숨겨진 빛바랜 사진 한 장을 꺼내 보았다. 그 사진 속엔 지금의 나보다도 젊고 풋풋한 엄마가 쌍둥이 같은 내 남동생 둘을 다정히 보듬고 웃고 서 있다. 아마도 내가 초등학교 1학년 때 가을운동회 날 동생들과 유치원 끝나고 온 모양이었다. 세월을 40여 년 거슬러 올라 양 볼에 장난기 가득 담은 모습으로 서 있는 사진 속의 얼굴은 지금 7살 조카와 많이 닮았다.

나는 그 사진을 하염없이 바라보다 다시 지갑 깊숙한 곳에 넣었다. 보고 싶을 때 언제든지 볼 수 있을까 하여, 아니 늘 함께 있는 거라고 나 스스로 위로하고 싶어서인지 모른다.

요즘 들어 도무지 쉽게 잠을 청할 수 없는 것은 명절을 앞두고 계신 부모님 생각 때문일 거다. 무시로 아들 생각에 목이 메시지만 명절이 다가오면 더해지는 애잔함을 어떻게 풀어내실까. 얼마나 보고 싶을까. 자식에 대한 짝사랑은 언제쯤 끝이 나는 것일까. 꼬리를 무는 상념 으로 잠을 이루지 못해 애를 쓴다.

부모님 앞에서 삼 남매를 놓고 떠나야 했던 동생의 심정을 헤아려 본다. 아무리 마음을 다독여 사는 것이 다 그런 거라 초연한 척해 보지만 명절만 다가오면 더해지는 그리움들은 속절없이 선명하다.

그렇게 여름을 이기고 9월 앞에 섰다.

고슴도치도 제 새끼는 함함하다는데

어느 날 유치원에서 돌아온 손녀딸이 벽에 걸린 제 아빠 결혼사진을 물끄러미 바라보더니 내게 물었다.

"할머니"

우리 아빠 우리 엄마랑 결혼했어요?"

"응"

"네가 결혼이 뭔 줄 알아?"? 내가 물었다.

"사랑하는 사람과 하는 거예요"

"그런데 왜 우리 아빠는 우리 엄마랑 결혼했지?"

"할머니랑 하면 되는데……." "나는 할머니랑 결혼할 거야"

그 녀석의 한마디에 피식 웃음이 나왔다.

이제 녀석은 결혼은 좋아하는 사람과 한다는 걸 알게 되었고, 아빠는 왜 자기가 좋아하는 할머니랑 결혼을 안 했는지 의문이 들었던 거다.

가끔 제 엄마 아빠가 회사 일로 아이를 맡길 때면 할머니랑 할아버지가 좋아서 할머니랑 살 거라고 몇 번이고 약속한다.

그 약속은 이후 제 어미가 데리러 오는 순간 다 없어지는 헛맹세인 줄 알지만 나는 제비 입처럼 오물거리며 녀석이 해주는 말에 그렇게 감동하며 산다. 녀석이 방으로 거실로 후다닥거리며 뛰어다니면 비로소 고요했던 집안은 생기가 돌며 사람 사는 집으로 되살아난다.

마당 가 잔디밭에 방아깨비를 무서워하지 않고, 야생화에 앉은 호랑나비를 보며 귀엽다고 손뼉을 친다. 어디서 왔을까?

저 천사 같은 아이는 누가 보내 주었을까?

종일 지치지도 않고 뛰며 놀던 아이를 재우는 방법은 오히려 싱겁다. 녀석을 품에 안고 훌륭한 사람이 되게 해 달라고 기도한 후 동화책을 읽기 시작하면 어느새 꿈나라로 가버린다.

녀석은 어떤 꿈을 키우며 커나갈까?

저 아이가 자라나 꿈을 펼칠 미래는 어떤 모습일까?

깊어진 늦가을 밤,

설레는 맘 가득하여 쉬 잠들지 못하다.

가을은 곡식만 익히지 않고

새벽에 창으로 들어오는 바람이 제법 차다.

그래도 난 뒷산에서 내려오는 찬 바람이 싫지 않아 내방은 창을 닫지 않고 잔다.

가을 햇볕이 따갑게 내리쬐는 것은 남은 곡식을 익히기 위한 귀한 섭리. 오랜 장마로 실한 고추는 탄저병이 심해 고춧대를 뽑고 김장 배추를 사다 심었다.

아침저녁으로 나풀나풀 자라는 배추 모종이 꽃처럼 예쁘다.

며칠 전 이웃에 사시는 형님이 조롱박을 따다 주셨다.

얼마나 작고 앙증맞은지

냄비에 삶아 속을 비우고 햇살 좋은 곳에서 말리는 중이다.

노랗게 마르며 매끈한 속살이 드러난 조롱박의 모습이 귀엽다.

두어 달 전 부 터 문인화 수업을 듣고 있는데 코로나로 수업은 그나마 쉬고있다 시간 나면 가을 국화를 그려보고 싶다.

조롱박 다 마르거든 시간나는대로 가을 국화를 그려보고 싶다.
가을 햇살은 곡식만 익히는게 아니란걸 보여주어야지.

명절 증후군

아이들이 갔습니다.
삭신은 요기조기 쑤시고,
방마다 아무렇게나 개켜 놓은 이불들이 그대로 있습니다.
뭐~
한 해에 두어 번인데, 날마다 명절이 아닌 것이 감사합니다.
할미는 이제 적막강산 나날들을 어떻게 보낸다냐.

121

아침 풍경

뿌옇게 날이 밝아 온다.

어젯밤은 밤바람이 상쾌하여 단잠을 잤다.

후텁지근하여 몇 번을 잠을 설치던 날들에 비하면 날아갈 듯 상쾌하다.

된저리를 지나 장내로 돌아오는 아침 산책길을 나선다,

자전거 도로가 생기고 나서 농로를 걷는 것이 수월해졌다.

길을 따라 달맞이꽃이 노랗게 등을 달고 있고 참새들이 버드나무에서 수선스럽다.

벼 이삭이 군데군데 피기 시작한걸 보니 추석이 멀지 않다.

상큼한 공기가 가슴 깊숙이 들어온다.

찬찬히 걸으면서 마치 시간이 멈춘 것 같은 고요함에 젖어본다.

치열한 경쟁도 없고 나만 살기 위해 남을 아랑곳 안 하는 비열함도 없다.

주어진 오늘 하루를 감사함으로 살아야 할 이유만 있다.

논두렁의 서리태콩잎이 실하다.

산골에서의 생활은 부지런함이면 된다.

농사로 돈을 벌어 풍족하기는 힘들지만

씨앗을 심고 열매 거두는 것이 자연과 많이 닮았으므로

마음은 최고 부자가 아닐지.

조용하지만 행복으로 여는 아침 풍경이다.

똥

첫 손녀딸 은빈이가 태어나서 비로소 나는 할머니가 되었습니다.

꼬물꼬물 그 예쁜 몸짓 하나하나에 눈을 떼지 못하고 온종일 아이만 바라보다 집에 옵니다.

나도 저렇게 작은 아이를 낳아 기른 적이 있었는지 까마득하여 기억 나지 않습니다.

불면 날아갈세라 조심조심 아이를 보듬어 앉아 주면 새근새근

아이의 숨결이 그대로 전해옵니다. 신기하기 그지없어 나만 이렇게 행복한가?

자꾸만 아이가 궁금해집니다.

우리 공주님 똥을 누지 않은지 일주일이 지났습니다.

모유를 먹이니까 자연적으로 배설할 거라 말해 줬지만, 아들 내외 급 기야 대학병원으로 아기를 데리고 달려갔습니다.

유난을 떤다고 뒤에서 혀를 찼지만, 며느리가 혹 시어머님이 잔소리 한다고 할까 봐 못 말렸습니다.

한나절 되어 들어온 우리 아들 이렇게 말했습니다.

"엄마 말이 맞아."

아무 약도 안 주고 기다려 보라네.

그래서 내가 한참 엄지공주의 배를 부드럽게 마사지해 주고 집에 왔는데 늦은 밤. 문자가 왔습니다.

"엄마. 울애기 황금 똥 누었어. 엄청 많이."

가을 어느날

바람이 신산한 저녁나절 자전거 길을 걸었다. 새벽바람이 차다고 느낀 지가 며칠 안 되었는데 어느새 골짜기가 황금색 찬란한 들판이다. 푸른 산이 마을을 둘러서고 그 마을 앞자락 논들이 샛노랗게 물감을 들인 듯 선명하다. 깊어진 가을 들녘에 일몰의 장관까지 더해 마치 내가 그림 속으로 걸어가는 착각이 들었다.

누가 저렇게 아름다운 풍경화를 그린 것일까?

이제 산촌의 가을걷이도 시작되어 분주하기 이를 데 없지만 그래도 거둘 것이 있다는 건 분명 행복한 일이다. 돈으로 환산할 수 없는 겨울 반찬거리 몇 가지 햇살에 널어 말리는 것이지만 내게 그것은 이 짧은 가을에만 할 수 있는 특권이랄까?

햇살 좋은 곳에 애동 고추를 쪄서 널고 토란 줄기를 벗겼다. 신통찮은 내 음식 솜씨 중 그래도 한 가지 토란대 듬뿍 넣은 육개장만큼은 모두 맛있다고 하니 손톱이 새까맣게 물들어도 그것은 빼놓을 수 없는 찬거리이다.

찬바람에 여기저기 달린 호박도 따다 썰어 널고 새참으로 고구마와 밤을 삶았다. 김이 모락모락 피어나는 황금 고구마의 속살이 보기에도 먹음직하다. 텃밭에서 길러낸 이런 먹을거리들이 얼마나 귀하고 소중한지 예전엔 잘 몰랐다. 어머님이 늘 해주시던 것들이라 가꾸는 재미와 수고도 없이 그저 먹기만 했었다. 이제 내가 어머님 나이가 되어 아침저녁으로 호미 들고 김매고 애지중지 길러낸 것들을 보며 스스로 대견하단 겸연쩍은 생각도 해본다.

바람과 햇살은 생명을 키우는 무언가를 살그머니 땅에다 부어주고 가는가 보다. 씨앗은 내가 심었지만 자라고 열매 맺는 것은 내가 할 수 없는 것이다. 아주 작은 것들에 고마워하고 감사할 수 있는 것은 이제사, 철이 들었기 때문이리.

점점 짧아지는 가을 햇살을 따라

땅이 내어주는 풍성한 열매를 수확하며

산촌 아낙만이 누리는 기쁨을 누려본다.

염전에 가다

연례 행사로 소금 사는 시기가 되었다.

콩과 소금은 우리 사업의 중요한 재료이므로 신중하고 또 신중하게 골라서 산다.

가끔은 전화 한 번으로 소금 실은 차가 앞마당까지 오지만, 오늘은 염전으로 나들이 겸 전북 부안의 곰 소를 다녀왔다.

넓은 논마다 푸른 벼가 아니라 바닷물이 찰랑이는 염전길을 걸으니, 마치 이국적인 풍경 같다. 바람이 일렁일 때마다 물빛에 반사되어 반짝이는 햇살에 눈이 부신다.

소금 창고에 들어서니 새까맣게 그을린 초로의 어른들이 새하얀 소금꽃을 매 만지고 있었다. 무엇이든 땀 없이 얻어지는 것은 없다.

소금은 햇빛과 바람으로 만들어진 보석 같은 알갱이며 신이 내린 선물이라고 한다.

저 소금의 간수가 다 빠지고 3년이 지나면 장의 맛을 내줄 귀한 재료가 된다. 예전에 TV 프로그램 중 다큐멘터리 '차마고도'를 흥미롭게 본 적이 있다.

티베트의 엔징은 소금 우물이 있는 마을이다. 란찬 강변에서 바닷물이 솟아 나오는 것은 원래 바다였던 지형이 융기되면서 바닷물이 지하에 매장되었기 때문이라 한다. 여인들이 깊은 우물 속에서 바닷물을 길어와 가파른 길을 수백 번 오르내리며 소금물을 붓는다. 바람과 햇빛을 이용해 다랑논에 소금을 만들면서 투박하면서도 소박한 삶을 살고 있다.

차마고도는 엔징의 소금 짐을 싣고 마방을 꾸려 중국에서 티베트, 네팔, 인도까지 이어지는 실낱같은 벼랑길로 세상에서 가장 높고 가장 험준한 교역로다.

성경에도 있다. 소금이 없으면 무엇으로 음식의 맛을 내리요

소금이 제맛을 내지 못하면 밖에 버리어 밟힐 뿐이니라.

무엇이든 제 본연의 맛을 내지 못하는 것은 쓸모가 없다는 말이다.

음식에 소금을 넣어 고르게 함과 같이 사람과의 사이에도 소금처럼 맛을 내는 그런 삶이 되어야 하리.

바람결에 비릿한 바다 내음이 싱그럽게 느껴지는 하루였다.

추석

추석이 성큼 다가왔습니다.

정국은 연일 시끄럽고 혼란스럽지만, 열매는 계절을 정확히 알아 탐스럽게 밤송이가 크고 있네요 우리 한양 조趙씨 가문, 독수리 5형제 에게도 매번 명절에 고민이 커 갑니다.

둘째인 우리 집 식솔이 자그마치 10명입니다.

5형제가 큰댁에 모이면 앉을 자리 없어서 일부는 들마루에 한 무리, 그리고 방마다 식구들이 가득하였으니 그들의 먹거리를 만드는 일들로 많이 분주했어요. 올 추석부터 우리는 분가를 해서 차례 날 아침에 남자들만 보내겠다고 선언한 것이죠. 형님도 힘에 겹고 하시니 아예 시간을 정하여 차례를 산소에서 지내든가 하면 어떻겠냐고.

오늘 아침 큰형님 이 전화를 했어요.

아주버님이 서운해서 아무도 오지 말라고, 그리고 당신이 차례상 전화로 주문하여 혼자 차례를 지내시겠다고 내 의도는 그게 아닌데.

사실 명절에 만이라도 온 식구들 얼굴 보며 맛있는 음식을 만들어 먹는 것인데 그것이 그렇게 어렵다고 엄살을 했으니 서운하실만했어요. 너무 대가족이 모이다 보니 고민이 되었던 거지요.

결국 전처럼 다 모여서 살 부비며 그렇게 명절을 지냈습니다.

1인 가구가 되면서 점점 사람들의 가슴에 사랑이 식는 세월만 탓할 수는 없겠지요.

누군가는 우리의 아름다운 풍습을 지키고 이어나가고 그래야 하는 건데요. 명절이 있어 그나마 한 해에 두어 번 온 식구들의 모임이 되는 풍성한 가을의 축제 추석을 지내며 행복했어요.

가을이 가네

가을이 제 혼자 가려고 날마다 바람이 난다.
나들이 겸 찾은 곳이 아산 외암 민속마을
민속 마을로 지정되어 옛 건물들이 잘 보존되고 있었다.
다랑논에 익은 벼 이삭과 초가집, 그리고 열매만 달고 있는 감나무의
풍경이 박경리의 소설 토지에서 나오는 평사리를 온 듯하다.

초가집과 어울리는 다랑논들.

마을 골목으로 접어들면 나지막한 돌담들이 정겹다.

이곳에서 농가 민박 체험을 하며 외가댁에 온 것처럼 농촌의 일상을 보고 간다.

도시에서 나고 자란 아이들에게 자연이 주는 아름다움과 생명을 살리는 농부의 땀방울이 기억되겠지.

무엇이나 빠르고 편리함에 익숙한 도시인들이 논두렁의 곡선과 울타리의 나팔꽃 하나도 사람의 맘에 평온을 준다는 걸 알게 되겠지.

산골의 민박집 뜨락엔 가을꽃들만 수수하게 피어나 이곳을 찾는 이들에게 수줍게 인사를 건넨다.

천재 아닐까?

우리 엄지공주 벌써 다섯 살이 되었습니다.

그리고 동생이 둘이나 있는 의젓한 숙녀가 되었지요.

태어날 때 미숙아로 무던히 맘을 졸이게 했는데

지금은 글씨 쓰기와 그림 그리기를 좋아해서

종이만 보면 공부한다고 방바닥에 엎드리곤 합니다.

엊그제는 제 이름과 동생 이름을 쓸 수 있다고 자랑을 합니다.

그리고 이쁜 할머니와 할아버지를 그려주고 갔습니다.

아마도 우리 엄지공주 천재가 아닐까?

문득, 그런 생각을 해 봅니다.

秋

가을 단상

오늘은 며칠 전 베어 놓았던 들깨를 털었다.

향긋한 들깨 향이 온 마당을 휘감아 종일 일을 해도 피곤하지 않았다.

그윽한 꽃향기가 사람의 마음을 행복하게 해 주는 것처럼

들깨의 향기도 그런 것 같다.

마늘과 감자를 캐어내고 무더운 한여름에 모종을 키워 심었던 들깨는 농부에게 효자 식물이다. 병충해도 강하고 토질도 가리지 않는다.

가뭄과 장마를 잘 견디고 열매를 맺은 들깨를 수확하는 것은 어렵지 않다. 들깨 단을 툭툭 두드릴 때 마다 우수수 알갱이를 내어 놓는다.

이제 다 털어낸 알곡과 쭉정이를 고르는 작업은 키질이 제격이다.

그런데 예전에 어머님이 하시던 키질이 생각처럼 쉽지가 않다.

결국 선풍기를 틀어 놓고 몇 번 쭉정이를 날리고 나니 토실한 들깨만 오롯이 남는다.

들깨의 쓰임은 생각보다 많다.

고소한 들기름 향기가 식탁에 번지면 절로 입맛이 당긴다.

나물무침이나 미역국에도 때론 참기름 보다는 들기름이 깊은 맛을 낸다.

짧은 가을 햇살에 금방 털어낸 들깨를 펼쳐 넣고 손으로 한소끔 쥐어본다. 까무잡잡한 조그만 알갱이들이 토실토실 햇살에 빛난다.

그럼에도 불구하고

한 남자가 큰 바다에서 표류하다 무인도에 정착했다.

간신히 움막을 짓고 생활하던 어느 날 애써 지은 움막이 불에 타기 시작했다.

그는 하나님을 원망했다. '주님 배를 파선시키고 표류하다 무인도에 살게 하시더니, 이제는 움막 까지 불에 태우십니까?'라고 원망하던 그때에 배 한척이 섬에 왔고 그는 구조 되었다.

'내가 여기 있다는 것을 어떻게 알고 왔습니까?' 남자가 물었다. '섬에

연기가 오르는 것을 보고 왔습니다. 당신이 신호를 보낸 것이 아닙니까?'

그제야 그는 하나님의 깊은 섭리를 깨닫고 감사를 드렸다.

네 이웃을 네 몸과 같이 사랑하라는 말씀이 있다. 나는 그 이웃이라는 것을 내 가족 외에 다른 사람을 지칭하는 것으로 알았다. 제일 가까운 이웃이 남편이었는데. 삶의 고비 고비 힘들었던 때에 불평과 원망의 말을 더 많이 했다. 고난을 통해 단단해 지고 성장했음을 감사했어야 했는데.

올해는 봄비 몇 줄금 내린 후 두어 달째 비가 내리지 않아 마른 먼지만 풀풀 날리고 있었다. 일기예보에도 비 소식은 없고 메마른 저수지 바닥만 보여주며 유례없는 폭염 소식만 전해주었다. 들풀도 메말라 목이 탔다.

들깨 모종한 텃밭에 물을 뿌리며 버티고 있지만 한 낮이 되면 고개를 푹 숙이고 시들어 가는 농작물을 하릴없이 바라보아야 했다. 폭염 재난 문자가 스팸처럼 쌓이고 밖을 나서면 이글거리는 태양과 대지가 품어내는 열기로 숨이 막혀왔다. 이렇게 이 삼년 비가 내리지 않는다면 아마도 풀 한포기 없는 간조한 사막이 되는 건 아닌지 괜한 걱정까지 해봤다. 그렇게 간절하던 비가 마침내 하루 종일 내려주어 온 세상이 해갈하던 날의 감사와 기쁨 .

적당한 때에 이른 비와 늦은 비가 있어서 참 감사하다.

절대로 가을이 올 것 같지 않게 이글거리던 태양이 마침내 순해지고 새벽공기가 차갑게 느껴졌다.

가을햇살

오늘 아침 모처럼 시간이 한가하다.

이제 바쁜 시절도 거의 지났으니 비학골로 운동 좀 다니자고 처음으로 산책을 나섰다.

가면서 선례 형님도 부르고, 삼보산으로 가는 길목에 금순 여사 집에 들렀더니 서리 오기 전에 풋고추를 따러 가잔다.

삼보산 절 밑에 고추밭으로 들어섰다.

천여 평은 족히 됨직한 끝도 없는 고추밭이다.

올여름 불볕더위에 얼마나 많은 땀을 흘렸을까?

고춧값이 좋은 해엔 인건비 말고도 남는 것이 많을 텐데 한해 농산물을 다 팔아도 성인 한 두 달 월급에도 못 미친다. 그러니 매양 돈도 되지 않는 일을 누가 즐겨 하겠는가.

찬 바람이 불어오면 애동 고추가 많이 달린다. 그것은 서리가 오면 그냥 버려질 열매라 시간을 내서 따로 찬거리를 만든다.

한 아름 따온 고추로 초고 추 거리 골라 놓고, 고추부각 할 것은 시
루에 쪄서 널었다.

짧은 가을날 한 뼘 햇살이 얼마나 고마운지.

가을을 뜨락에 붙들어 놓고

네 살 된 손주 녀석이 할미를 부르며 품에 안깁니다. 작고 앙증맞은 입술로 뽀뽀도 해주고, 기분이 좋을 땐 세상에 서서 꼬꼬 할미가 제일 좋다고 합니다. 그 녀석이 붙여준 택호 꼬꼬 할미는 청주댁이니 수원댁, 마산댁, 통영댁 하는 것보다 얼마나 더 정겹고 멋진 이름인지요. 우리 집에 알 잘 낳는 토종닭 들을 본 후로 그렇게 부르기 시작했답니다.

부산스럽게 뛰어다니며 시시콜콜 참견하는 손녀 덕으로도 적막하고 고요했던 집안에 활기가 넘칩니다. 사실대로 얘기하자면 철 따라 이 일 저 일로 바쁘게 돌아가는 시골 생활에서 몇 마리 되지도 않는 닭들을 챙기기가 귀찮을 때도 있지만 아이들이 시골 할머니 집으로 놀러 왔을 때 보고 신기해하며 즐거워한 모습을 떠올리면 그런 귀찮음쯤은 얼마든지 감수할 수 있을 것 같아 괜히 마음이 넉넉해지기도 합니다.

몇 날 며칠을 정신없이 손녀와 실랑이하다가 아이가 제집으로 돌아가고 나면 온 집안이 전보다 더 텅 빈 듯 쓸쓸해집니다. 그런 중에도 거실 한쪽에 놓인 주인 잃은 장난감들을 물끄러미 바라보다 함박웃음을 짓고 있는 아이 사진에 눈길이 끌리면 슬그머니 미소가 지어지기도 하지요. 손녀 시중을 든다고 하던 일들이 더뎌지기는 했지만 나는 가을이 도망가지 못하도록 뜨락에 붙들어 매놓고 함평으로 국화 대전을 보러 갔습니다. 그윽한 국화 향기와 꽃동산에 정신이 팔려 집에 가면 일 천지라는 것도 잊은 채 하루 더 가을 나들이를 하자고 해찰을 떨었지요.

거둘 것이 많다는 것은 분명 행복한 것이지요. 올여름의 가뭄과 유례없는 장마를 견디고 나서 이렇게 풍요로운 가을걷이를 할 수 있다는 것은 참 행복한 일입니다. 생전에 시어머님이 우리에게 그러셨듯이 나도 엊그제 털어낸 들깨로 기름을 짜고 청국장 띄우고 김치 담아 아들 집에 다녀왔습니다.

어설픈 촌부 솜씨로 씨앗만 뿌렸을 뿐인데도 열매를 만들어주신 것은 이른 비와 늦은 비, 보드라운 햇살과 바람을 내려주시는 하나님과 그 선물을 키우고 또 키워서 한없이 내어주는 은혜로운 땅이었지요. 삼라만상이 휴식에 들어 동면을 취하는 겨울이 오기 전에 장담을 메주 쑤느라 다시 동동거리며 일을 시작해야 할 테지만 그래도 이 풍요로운 가을에 아름다운 시 한 편 읽으며 잠시라도 숨을 고르렵니다.

들국화 피어나고

우리 집 뜰에 들국화가 지천으로 피어날 무렵

나는 심한 피로가 눈으로 몰려서 오른쪽 눈에 포도막염 이란 병을 앓았었다. 눈병이 얼마나 지독한지 밤새도록 통증에 시달리다 아침이면 한쪽시력이 완전히 안 보이는 지경까지 온다.

한눈만 가지고는 온전하지 못하다는 것을 처음으로 알았다.

거리감이 없어서 운전도 못하겠고, 문자메시지도 못보고 아주 단순해 져야 했다. 아름다운 가을에 아무것도 보지 말고 그저 눈감고 쉬는 것이 회복에 도움이 된다니 속에서 불이 났다. 볼 수 있다는 것이 당연한 게 아니란 걸, 얼마나 행복한일인지, 얼마나 감사한 일인지 한 번도 감사해 본 기억이 없다. 그뿐이랴 내 의지로 걸어 갈 수 있고, 내 손으로 밥을 먹을 수 있고 누구의 도움 없이 화장실 갈 수 있고, 셀 수없이 많은 복을 누리며 살았다는 것을 그제야 알게 되었다.

내 안에 있던 욕망과 일이 바쁘다는 핑계로 이웃한번 챙겨보지 못했던 허허로움이 안과를 다니며 보이기 시작했다.

　무엇을 위해 이렇게 쉼 없이 달려 왔을까.

　지천으로 피어난 들꽃들의 향연에도 무심히 지나치고 만추의 가을
정취가 그리 고와도 봐 줄 틈 없이 말이다.

　성경에 솔로몬 왕이 이세상의 부귀와 명예 모든 것을 누려 보았음에
도 그의 고백엔 인생이 헛되고 또 헛되다고 한탄하는 장면이 나온다. 이
제 단순해지고 싶다. 조금씩 마음의 집착을 내려놓아도 될 것 같았다.

　국화꽃차 만들어 눈 내린 겨울 어느 날

　그윽한 꽃차 우리며 행복을 지어봐야지.

내 아버지는 농부 2

우리 아버지는 농부시다.

80 노구 당신이 직접 트랙터로 논을 갈고, 모를 심고, 그리고 물꼬를 보러 다니시며 자식처럼 키운 쌀농사.

그 탈곡 끝내기 무섭게 방아를 찧어 딸네 집에 오늘 싣고 오셨다.

예쁘게 포장까지 해서. 언제까지 내가 아버지의 쌀로 밥을 지어 먹을지 모르나 나는 그 묵멘 쌀자루를 한없이 쓰다듬어 본다.

나는 농부의 딸이다.

수레바퀴 깎는 노인

춘추전국시대 제齊나라 환공桓公이 대청마루에서 책을 읽고 있었다. 이때 윤편 이라는 궁중 목수가 대청 아래서 수레바퀴를 깎고 있다가 물었다. "감히 묻겠습니다. 임금님께서 읽고 계신 것은 무슨 말씀입니까?" 환공이 대답했다. "성인의 말씀이니라." 윤편이 다시 물었다. "성인은 지금 살아계십니까?" 환공이 '죽었다'고 답하자 윤편은 이렇게 말한다. "그렇다면 임금님께서 읽고 있는 것은 옛사람의 찌꺼기일 뿐입니다." 제나라 환공은 춘추전국시대 최초의 패자((패,백)者)로 천하를 호령하던 군주였다. 그 환공이 읽고 있는 책을 일개 목수가 옛사람의 찌꺼기일 뿐이라고 했으니 당장 목을 베일 수 있는 망발이 아닐 수 없다. 화가 난 환공은 윤편에게 이렇게 말했다. "마땅한 근거를 대면 살려주겠지만 그렇지 못할 경우 죽음을 면치 못할 것이다." 윤편은 신臣의 일로 미루어 말씀드리겠습니다. 수레바퀴를 깎을 때 많이 깎으면 굴대가 헐거워서 튼튼하지 못하고 덜 깎으면 빡빡하여 굴대가 들어가지 않습니다. 더도 덜도 아니게 정확하게 깎는 것은 손짐작으로 터득하고 마음으로 느낄 수 있을 뿐, 입으로 말할 수는 없습니다. 물론 더 깎고 덜 깎는 그 어름에 정확한 치수가 있을 것입니다만, 신이 제 자식에게 깨우쳐 줄수 없고 제 자식 역시 신으로부터 전수받을 수가 없습니다. 그래서 일흔 살 노인임에도 불구하고 손수 수레를 깎고 있는 것입니다. 옛사람도 그와 마찬가지로 가장 핵심적인 것은 책에 전하지 못하고 세상을 떠났을 것입니다. 그래서 전하께서 읽고 계신 것이 옛사람들의 찌꺼기일 뿐이라고 말씀드린 것입니다."

장담는 일을 하면서 윤편의 이야기를 가끔 생각한다.

청국장 띄우는 일은 늘 어머님이 하시는 것을 보았고 책으로도 공부하고 쉬운 일인 줄 알았다. 그런데 제품을 만들어 판매를 하려면 항상 똑같은 맛과 풍미를 유지하기 위해 온도에 민감했다. 습도 외에 계절과 기온까지도 살펴서 온도를 조절하는 일은 책에서 아는 지식으로 할 수 없는 오랜 기간의 체험으로 알아지는 것들이었다. 세미한 향취와 맛의 차이를 어떻게 말로 할 수 있을까. 수없는 실패와 경험을 거쳐서 몸으로, 감각으로 알아지기까지 많은 시간이 필요했다.

경험이 삶을 만들고, 나를 만들고 성장해 가는 것임을 온몸으로 체험하며 20년째 장을 담는다. 수레바퀴 깎는 노인의 이야기가 딱 맞는 말이다.

손의 감각으로 터득하고
마음으로 느낄 수 있을 뿐,
입으로 말할 수 없으니
바로 그 사이에 비결이 존재합니다.

秋

겨울

茶 會에 다녀오다

금잔화 메리골드의 노란색이 선명합니다.

가을바람이 제법 상큼한 오늘 금요일이라 손녀딸 태권도 학원 끝나자마자 다회에 갔습니다.

차에 어울리는 정 과를 만드는 날.

색색이 예쁜 꽃들이 무정과에 물들여 제 모습으로 살아납니다.

푸른색은 녹차로, 붉은색은 맨드라미로, 노란색은 금잔화로 각각 색을 입힌 무 쌈에 각종 씨앗을 넣고 살짝 오므려 복조리 모양으로 마무리합니다.

무정과를 만들고 남은 물에 우뭇가사리를 넣고 끓여 양갱을 만들죠.

무 향기가 스민 정 과가 은은한 맛을 더해줍니다.

정 과를 먹으면서 홍차를 우려먹으면 달콤한 입맛을 가셔줍니다.

그리곤 무정 과와 잘 어울리는 말 차를 준비합니다.

가루녹차라 손목에 힘을 빼고 최대한 빠르게 말 차를 저어줍니다.

손녀딸 것까지 다 마셨으니 오늘 밤 쉬 잠들기는 어려울 것 같습니다.

그런 시절

그렇게 어렸을 때도 있
었어요.

할아버지는 태어나면서
부터 할아버지인 줄 알았
던 시절요.

엄마가 사진첩을 정리
하면서 필요한 것 다 가져
가고 나머지는 버린다고
해서 무심코 보았던 오래
전 사진들.

엄마와 아버지의 약혼
사진. 엄마가 22살 때.

그리고 내가 태어나 백일이 되던 날, 하루에 두 번밖에 오지 않는 버스를 타고 읍내에 나가 사진을 찍었다고.

그리고 첫 돌날 다시 기념사진을~

네 살이 되어 마을에 사진사가 왔는데 호랑이 등에 타고 찍는 거라 울고불고하는걸 겨우달래 두 손에 사탕을 가득 주고 할아버지랑 같이~

이런 시절이 있었네요.

곶감 만들기

가을을 정감있게 해주는 것에는 여러 가지가 있지만

그중 나는 감나무를 제일로 좋아합니다.

심은 지 3년 된 감나무에 올해 처음으로 감이 달렸는데 참 많이도 열매를 달고 있었어요.

볼 때마다 심기하고 예뻐서 바라만 보다 오늘 서리 내리기 전 곶감을 만들 요량으로 감을 땄습니다.

잎을 다 떨구고 샛노란 감만 풍성하게 달고 서 있던 가을, 감나무.

껍질을 벗기니 속살 고운 감빛 색깔이 맑은 햇살에 더욱 선명해집니다.

시간이 지나야 달콤한 맛이 어우러지는 곶감.

우리 집 추녀 밑에는 곶감이 되기 위해 샛노랗게 웃고 있는 감등이 켜졌습니다.

冬

김장, 그 오랜 추억으로부터

날씨가 추워지기 전 지난 주말 김장을 끝냈습니다.

집집마다 하던 연례행사가 이젠 추억 속으로 갈 것 같습니다.

지난 늦여름 불암 3호 배추 모종을 100포기 심었는데 올해 김장배추가 흉년이었죠.

절여보니 얼마 안 되는 것 같아 40포기를 더 사 왔습니다.

가끔씩 올라와 우리 집 일을 도와주는 시동생네까지 해 주려니 좀 작은 듯해서요.

마늘도, 고추도 참깨도 여름내 가꾼 것으로 저 김치를 담기 위한 서곡이었죠.

오래전 어머님이 하시던 그대로 아직도 철이 없는 내가 저 살림을 꾸리고 있더라고요.

아이들 앞세워 세 집이 모였는데 마치 마을 잔칫집 같았습니다.

이거 앞으로도 계속해야 하는 일인지.

나도 절임 배추 두 박스로 김장 끝내야 하는지

　아니 이제 나이가 들어 김치를 별로 먹지 않고 국이나 찌개 하나로

식탁이 차려지는데 김치통 하나면 겨울 날것을 저렇게 ~

　산골 아낙의 철마다 돌아오는 행사는 줄지도 않고.

꿈꾸는 우체통

　우리가 사는 곳은 읍내가 가까우면서도 산촌으로 불립니다. 시내버스가 두 시간마다 한 대씩 지나다니므로 밭에서 일하다 버스 지나는 것으로 시간을 가름하기도 하지요. 밤티마을도 있고, 숫고개란 마을 이름도 있습니다. 흰 눈이 내려 길이 조금만 얼어붙으면 당연히 버스도 아랫마을까지만 가고 돌아가는 곳이었습니다.그 외진 마을을 십여 년 변함없이 빨간 오토바이를 타고 오시는 분이 계셨습니다.

　산골에서 우편물이 그리 많을 리 없지만 나는 늘 그분이 오시기를 기다리는 사람 중 한 사람이었죠.IT 강국이 되면서 고즈넉한 편지 한 통 오는 일이 없는 시대에 내게는 유일하게 편지가 오고 있었고, 지인들의 따뜻한 책들이 한 달이면 읽어볼 사이 없이 쌓여갔습니다. 눈 내리는 날, 비바람 부는 날, 한 통의 편지를 전해주며 말없이 웃으시던 그분의 미소는 참 포근했습니다. 그분이 날마다 우리 집에 오는데도 나는 어쩌다 음료수 한잔으로 그분을 보내곤 했었죠. 우린 오랫동안 친한 것

같았는데 정작 밥 한 끼 같이 먹은 적이 없었습니다. 돌아보니 그랬었죠.

그분, 항상 얼굴에 미소가 있던 그분이 며칠 전 우리 마을 앞에서 교통사고로 돌아가셨습니다. 나는 그만 오래도록 기다린 사람을 잃은 것처럼 마음이 애잔해졌습니다.

경쾌한 그분의 오토바이 소리를 오래도록 잊지 못할 것 같습니다.

나이테

올 한해 경로당의 프로그램이 끝났다.

일주일에 3번 수업이 있었는데 나는 그중 한지공예와 풍물놀이를 수강했다.

직접 마을로 강사가 찾아와 수업해주니 어른들이 다 좋아하셨다.

산골에서 농사일하느라 바빠 문화적 혜택은 별로 받은 일이 없는데 모두 흥미롭게 지낸 한해다.

나이가 들어도 자신을 위해 무얼 해본 적 없던 어른들의 얼굴에 웃음이 많아졌다.

무언가를 만들고 함께 했던 시간들.

그렇게 한해의 나이테가 또 그려진다.

낙관

코로나로 인해 힘겹게 보내게 되는 12월.

맘 놓고 외출 한번 못하는 우울한 날들 속에 가까운 운보의 집 미술관으로 바람을 쐬러 갔다.

미술관에는 운보 김기창 화백의 그림들이 많이 전시되어 있었다.

나는 그림보다 유독 그분의 낙관에 눈길이 머물렀다.

거장의 숨결과 온기까지 느껴질 듯한 강한 이끌림.

언제부터인가 문화원 서예 교실에서 줄긋기를 한 것이 10년도 훌쩍 넘어 이젠 나도 졸작에 자체 전시회도 있어 낙관을 장만하기에 이르렀다.

그런데 그 글씨라는 것이 진척은 없고 날마다 그날이 그날이고 좀 탄력이 붙어 좀 써 볼까 하면 남편이 마늘밭으로, 참깨밭으로 불러 세우니 그냥 묵향에나 만족하자는 맘으로 서실 언저리를 맴돌고 있다.

몇 년 전 중국 장안성의 비림 박물관을 갔다가 거리에서 부채에 쓸

작은 낙관을 서너 개 욕심내서 장만했었다.

　타고난 솜씨도 없는 데다 노력도 없어 맨 날 그 모양이나 콩나물이 물을 먹고 자라는 것처럼 어느 날 낙관을 찍어 작품을 마무리하는 날 있으리.

메주를 쑤며

나는 가을이 무섭다.

온 산이 울긋불긋 단풍이 들 양이면 단풍 곱던 산이 궁금해지고 한여름 밤의 재즈 콘서트 음악회 플래카드는 내 맘을 훔쳐 가고 시 낭송의 밤도 기다리고 있어 도무지 일에만 집중할 수 없기 때문이다.

어느 날부터 나의 가을은 있는지 없는지. 왔는지 갔는지 모르게 바빠졌고 날마다 일감에서 놓여나기 힘들기 때문이다.

일만 한다고 마음까지 삭막해지긴 싫은데 몇 날 며칠 메주 쑤기 끝나면 초겨울로 접어든 나들이라도 해야겠다.

가끔 여행에서 주는 설렘과 휴식이 다시 일하는 힘을 주잖던가.

이번 겨울엔 순천만습지의 갈대밭을 가봐야겠다. 드넓은 갈대밭 사이로 걸어도 보고 산골에서 볼 수 없는 풍경을 담고 와야지.

'열심히 일한 당신 떠나라'

라는 말이 멋지게 들린다.

167

난로

우리 집 거실은 옛날 집에 한 칸 덧대어 확장하고 보일러를 놓지 않았다.

그래서 겨울엔 꽤 추운데 바닥 보일러 대신 난로를 놓고 장작불을 지펴 따뜻하게 겨울을 지낸다.

난로 위엔 은은한 향기를 내며 끓고 있는 칡차가 있고 고구마를 구워 먹는 것도 화목난로가 있어 좋은 점이다.

엊그제는 지인의 농장에서 아까시나무를 실어다 톱으로 잘라 났다.

아까시나무의 화력이 참나무 못잖게 좋다고 한다. 장작을 가지런히 쌓아 놓고 보니 마치 창고에 곡식이 가득한 것처럼 마음이 부자가 된다.

장작의 단면마다 나이테가 선명해 한 폭의 그림 같다.

난로에서 나오는 참나무 연기 내음이 싫지 않다, 그리고 은은하게 피어나는 불꽃을 아무 생각 없이 바라보는 재미도 있다.

난로가 있어 소소한 행복을 누리며 보내는 겨울날들이다.

콩 털기

엊그제 밭둑에 꺾어 놓은 콩 대를 마당으로 불러들였다.

일기예보에 오늘 밤부터 비가 온다고 해서 굼벵이 할머니네 도리깨를 빌려다 콩을 털었다.

뒷밭에 조금 심은 터라 기계로 할 만큼도 안되고 도리깨 하나면 금방 된다 했다.

그런데 처음 해 보는 도리깨질은 생각처럼 쉬운 게 아니었다.

한번 내리칠 때마다 퍽퍽 이상하게 도리깨가 돌아가서 잘되지 않는다.

거기에도 요령이 필요한 것이다.

마치 키질할 때 마냥.

어찌어찌 몇 번 해 보니 제법 경쾌한 소리가 나며 새하얀 콩알이 튀어나왔다.

세상에 쉬운 일은 없었다.

처음으로 도리깨로 콩을 털던 날

문명과 비껴간 가을마당에서 흩어진 콩을 주워 담으며 배시시 웃음
이 나왔다.

아~ 가을은 기쁘고도 힘든 계절이여.

동화 같은 나라

눈 쌓인 산골의 고즈넉한 아침 풍경입니다.

이제 저 눈이 다 녹을 때까지 아짐의 외출은 없습니다.

찾는 이도 없고 산바람에 어깨만 움츠린 채 복실이 사료를 주다 들어옵니다.

올겨울 모처럼 함박눈이 내렸네요.

새하얀 눈이 온 세상을 덮어 마치 동화 같은 풍경화를 만들어 주었어요.

눈처럼 새하얀 세상이었으면 좋겠단 생각을 해 봅니다.

173 冬

전시회 가다

가을이 깊어지면 한 해 동안 준비한 작품을 전시하며
서로를 돌아보는 일들이 많습니다.
전시회를 기다리고 작품들에 혼신을 기울인 그 시간이
보는 이나 작가나 다 행복한 시간이네요.
보는 이로 하여금 나도 하고 싶다는 강한 도전을 느끼게도 해주고
작품을 통해 대리 만족할 수 있고.
마음이 따뜻해지는 시간입니다.

제9회
인당먹그림
회원展

2021. 9. 15(수) - 18(토)

초대일시
2021. 9. 15(수) 오후 4시
청주예술의전당 대전시실

문의. 010-9918-9044

코로나19로 인하여
별도의 오픈식은 진행하지 않습니다.

인당먹그림
28731 충북 청주시 상당구 쇄내로 145번길 15 A상가 302호

후원 _ 청주시, (사)한국서예협회, (사)한국문인화협회

세모에

한 해가 마무리되는 12월
한자리에 모여 찻자리를 만들고 일 년 동안 배운 작품들을
진열했다.
시루의 콩나물이 소리 없이 자라는 것처럼
우리의 솜씨도 조금씩 성장했으리.
아무것 하지 않아도 시간은 가는데
바쁜 시간 쪼개어 나를 위한 시간을 만들었으니
그래도 무언가를 했다는 자긍심이 생긴다.
열심히 더 열심히 나를 가꾸어 가야지.

꽃차를 우리던 날
행복을 지어보던 날에.

누가 메주를

콩 털기를 끝으로 산골의 가을걷이는 대충 마무리 되어갑니다.

그러나 산촌아짐의 가을은 더욱 바빠서 메주 쑤기와 김장이 남아 있지요. 이웃 마을에서 연실 콩 가마를 실어 오면 마음에 부자가 된 듯하면서도 사실 어떤 때는 겁이 더럭 나기도 합니다.

하루에 겨우 두 가마씩의 메주를 만드는데 앞으로 한 달여 그것도 새벽 5시에 불을 지펴야만 가능하지요.

첨단 시설은 하나도 없고 그냥 힘과 요령으로 메주와 씨름을 하다 보면 앞산의 단풍이 물이 들었는지 곱던 단풍이 다 지고 없는지도 모르고 살아요. 저녁엔 9시 뉴스도 보기 전에 텔레비전 앞에서 코를 고는 원시인이 되어가지요.

단순하게 살자. 그리고 언제나 행복해지자. 그것이 산촌아짐의 좌우명입니다.

누가 메주를 못생겼다고 했나요. 이렇게 예쁜데.

자연인에 대한 소고

나는 자연인이다. 라는 TV프로가 있다.

남자들 사이엔 로망이라고 불리며 애청하는 사람들이 많다.

나도 즐겨 보긴 한다.

이유야 어떻든 나 홀로 산속, 또는 오지에 살면서 자급자족하며 살아가는 이야기이다.

도시 생활에 찌든 현대인들에게 자연이 주는 풍경과 모든 얽매인 것에서 자유 때문에 꿈꾸는 일상이기도 하겠다.

바쁜 11월을 산다.

김장을 서둘러 하고 그 많은 메주를 쑤고, 그러면서 문득 드는 생각.

난 자연인이 싫어.

김장김치 하나를 하기 위해 여름내 고추 농사를 짓고 8월 불볕더위에 붉은 고추를 따서 말리고, 마늘과 파를 심고, 참깨 들깨를 털고 그렇게 씨름한 거였다.

전화 한 번이면 유명한 명인이 만든 김치가 낼 아침 식탁에 오를 텐데. 산촌의 일상이 늘 그런 거지만 자급자족은 정말 힘든 일이다. 내가 할 수 있는 것은 내가 하고 내가 못 하는 것은 다른 잘하는 사람이 하고 그래야 좀 시간적 여유가 생기지 않을까.

산골 살이 오래되어 사는 거 별거 아니라고 그렇게 사는 거라고 말했지만 내 꿈까지 잊은 건 아니다.

난 자연인이 싫다.

봄은 오는가?

아이들이 봄 방학이라 손주 셋, 2박 3일 우리 집에 머물렀습니다. 아침에 30분 공부하고 놀자 했더니 엄지공주 일학년답게 할미 책상 위에 있는 시집에서 시詩 한 편 삐뚤빼뚤 옮겨 적었네요.

봄

김 광 섭

나무에 새싹이 돋는 것을
어떻게 알고
새들은 먼 하늘에서 날아올까

물에 꽃 봉우리 진 것을
어떻게 알고
나비는 저승에서 펄펄 날아올까

아가씨 창인 줄은
또 어떻게 알고
고양이는 울타리에서 저렇게 울까.

아이들 제집으로 가기도 전에 함박눈이 내렸습니다.
　겨울의 끝자락에 온 세상을 새하얗게 만들고 다시 겨울이 온 듯 바
람이 차갑습니다.
　우리의 봄이 기다리는 봄이 이제 가까이 오고 있을 텐데요.
　시인의 봄 이야기가 눈가에 머무는 그런 날입니다.

봄이 문밖에

어제는 봄날답지 않게 눈발까지 날리며 제법 쌀쌀했다.

그래도 마늘밭에 풀은 씩씩하게 돋아나고 있고 비닐하우스 안에는 고추 모가 이식을 마치고 푸릇푸릇 땅 내를 맡고 있다.

추운 겨울을 온몸으로 견딘 묵파를 다듬고, 냉이도 캤다.

냉이를 캘 때마다 코끝으로 향긋한 봄 내음이 느껴졌다.

언땅 밑에서 씩씩하게 자라나는 봄나물의 생명력.

오늘 저녁 반찬으로 파김치 무치고, 냉이 전을 할 것이다.

봄나물을 먹으면 나른했던 온몸에 기운이 나고 입맛이 돌아나는 것 같다.

유치원 방학이 길어진 터라 개학까지 같이 있는 손녀딸이 할머니는 공주님이라고 무지개색 드레스를 입혀 준다고 한다.

천방지축 선머슴 같은 녀석이 있어 많이 웃는다.

그냥 할머니

　내 택호가 꼬꼬 할미에서 죽리할미로 바뀌고 그리고 얼마 전 막내 손녀딸 세빈이가 그냥 할미라 이름 지어 주었습니다.

　나보고 매번 죽리할미라 하길래 그냥 할머니~라고 하랬더니 이 녀석이 그 이후로 날 부를 때마다 그냥 할머니라고 부릅니다.

　지난 장날 양미리가 많이 나왔길래 몇두릅 사 왔습니다.

　남편은 어느 틈에 원두막 추녀에 걸어 놓았어요.

　그걸 보니 명태며 몇 가지 생선을 말려도 되겠단 생각이 들었습니다.

　코로나로 인해 어수선하고 무언가에 옥죄어 살았던 맘으로 보낸 한 해, 증평 문학은 30년사를 책으로 엮어 조용히 출판식을 마무리했고 창단 회원으로 30여 년 어간에 고인이 되신 작고 문인을 추억하며 인사말을 대신할 때 가슴이 울컥했습니다. 같이 글을 쓰고 같이 문학 행사를 하며 고생하던 옛날이 떠올랐기 때문이지요.

세월이 어찌나 빠른지 30대 젊은 시절에 시작한 단체에서 이제 환갑 넘은 내가 최고참이라니.

알토란 같은

올겨울은 많이 춥다.
저녁에 낳은 달걀이 아침이면 얼어 있고
작업실 지하수가 몇 번 얼었다 녹았다.
그래도 메주는 발효가 끝나 장 담을 날만을 기다리고 있는데
나는 손주들 보느라 올겨울은 어떻게 보냈는지 모른다.
세아이들이 꼬물락 거리며 자라는 모습.
하나였으면 저렇게 소꿉놀이 하며 사랑스런 모습을 어디서 보겠는가.
무럭무럭 커가는 날 닮은 아이들.
봄처녀 어서 오기를.

후포항 가는 길

엊그제 사랑하는 친구가 병원에 입원한 지 일주일도 안 돼 깨어나지 못해 하늘나라로 갔습니다.

그 애의 카톡으로 작은딸이 부고를 알려왔을 때 얼마나 황망하던지.

우리 삶이 이렇게 삶과 죽음을 함께 공존하면서 전혀 느끼지 못한다는 건, 조물주의 배려일까요. 인간의 망각일까요.

후포항으로 여행을 다녀왔어요. 쉬며, 가며 그렇게 바다에 닿으니 가슴속이 뻥 뚫리듯 시원했습니다.

지난봄 그 애가 사준 스카프를 목에 두르고 바다 끝에 서서 소리 없이 친구의 이름을 불러 보려니 목이 메었습니다. 시골에 산다고 복잡한 전철 못 탈까 봐 터미널에서 기다리고, 바래다주고 언제나 먼저 전화해 주던 다정한 친구였어요.

봄이 오면 꽃 구경하러 가자고 우리 좋은 곳에 여행 가자고 약속하더니 인사도 없이 먼저 갔습니다.

마음이 많이 외로웠는데 끝없는 바닷가를 거닐어 보고, 활기찬 어판장의 살아서 팔딱이는 물고기를 보며 삶의 소중함을 온몸으로 느껴보았습니다.

속절없는 12월은 여전히 빠르게 달리고 있네요.